Дуэль

契诃夫小说选集

决斗集

〔俄〕契诃夫 著

汝龙 译

人民文学出版社

图书在版编目（CIP）数据

契诃夫小说选集. 决斗集/（俄罗斯）契诃夫著；汝龙译. —北京：人民文学出版社，2021
ISBN 978-7-02-012944-7

Ⅰ.①契… Ⅱ.①契…②汝… Ⅲ.①短篇小说—小说集—俄罗斯—近代 Ⅳ.①I512.44

中国版本图书馆 CIP 数据核字（2017）第 134195 号

策划编辑	张福生
责任编辑	李丹丹
装帧设计	刘　静
责任印制	王重艺

出版发行	人民文学出版社
社　　址	北京市朝内大街 166 号
邮政编码	100705
网　　址	http://www.rw-cn.com
印　　刷	三河市博文印刷有限公司
经　　销	全国新华书店等
字　　数	91 千字
开　　本	787 毫米×1092 毫米　1/32
印　　张	7.375
印　　数	1—3000
版　　次	2021 年 4 月北京第 1 版
印　　次	2021 年 4 月第 1 次印刷
书　　号	978-7-02-012944-7
定　　价	30.00 元

如有印装质量问题,请与本社图书销售中心调换。电话:010-65233595

目　次

决斗 ………………………………… 1
求婚 ………………………………… 227

决 斗

一

那是早晨八点钟,军官们、文官们、旅客们已经熬过又热又闷的夜晚,照例要到海水里去游一游,然后到亭子里去喝咖啡或者喝茶。伊凡·安德烈伊奇·拉耶甫斯基是个二十八岁左右、精瘦的金发青年,戴着财政部的制帽,穿着便鞋,也来游泳,在海岸上遇到许多熟人,其中有他的朋友,军医官萨莫依连科。

这个萨莫依连科长着一个大脑袋,头发剪短,脖子几乎看不见,红脸膛,大鼻子,浓密的黑眉毛,花白的连鬓胡子,身材矮胖而臃肿,再加上说起话来用的是军人粗哑的男低音,就给每个新来的旅客留下了不愉快的印象,就像他是个嗓音嘶哑的大老粗,不过,认识以后过不上两三天,人们就开始感到他那张脸异常善良可爱,甚至漂亮了。尽管他模样笨手笨脚,说话粗声粗气,但他却是个性子温顺、无限善良、心肠很软、善于体贴的人。他对城里所有的人都用"你"相称,把钱借给大家,为大家看病,做媒,调解争端,安排野餐。每到举行野餐,他总是做烤羊肉串,十分可口的鲻鱼汤;他老是为别人的事奔走请托,老是为什么事情高兴。按照大家的看法,他没有什么不好的地方,待人接物只有两个弱点:第一,他总为他的善良害臊,极力用严厉的目光和故意的粗暴来遮盖;第二,他喜欢医士和兵称呼他"大人",其实他只是个五等文官罢了①。

---

① 在旧俄时代,三、四等文官才被称为"大人"。

"你回答我一个问题,亚历山大·达维狄奇,"拉耶甫斯基开口说,这时候他们两个人,他和萨莫依连科,已经走进海水,水没到他们的肩膀了,"假定说,你爱上一个女人,跟她同居了;又假定你跟她同居了两年多,后来,这是常有的事,你不再爱她,开始觉得跟她合不来了。在这种情况下,你怎么办呢?"

"很简单。'亲爱的,你走你的路吧',事儿就了结了。"

"说得倒轻巧!可是万一她没有地方可去呢?她是个孤身的女人,没有亲戚,身边没有钱,又不会工作。……"

"那又怎么样呢?一次塞给她五百卢布或者按月给她二十五卢布,就完事了。很简单。"

"就算你既有五百卢布,也能按月给她二十五卢布,然而我说的这个女人却是知识分子,自尊心强。难道你敢给她钱?而且怎样给法呢?"

萨莫依连科本来打算答话,可是这当儿有个大浪头从他们头顶上冲过去,然后撞在岸上,接着顺着碎石地,哗哗响地滚回来。这两个朋友就走上岸去,开始穿衣服。

"当然,一个女人,要是你不爱她,却要跟她一块儿生活下去,那是困难的,"萨莫依连科说着,抖掉靴子里的沙土,"不过,万尼亚①,人应当按人道的观点来考虑问题。要是我遇上这种事,我就不会对她露出我不再爱她的神色,我会跟她一块儿生活到死。"

他忽然为自己的话害臊了,他觉得不对头,就说:

"要按我的意思,一个娘们儿都没有才好。叫她们见鬼去吧!"

两个朋友穿好衣服,走进售货亭。在这儿,萨莫依连科是老主顾,这儿甚至为他预备下一套特殊的餐具。每天早晨他们用托盘给他端来一杯咖啡和一杯白兰地,另外还有一只高高的、里面盛着清水和冰块的刻花

---

① 伊凡的爱称。

玻璃杯。他先喝白兰地,后喝热咖啡,最后喝冰水,这样的喝法大概蛮有滋味,因为喝完以后,他的眼神就变得含情脉脉了。他两只手摩挲着连鬓胡子,瞧着海说:

"这风景美得出奇啊!"

拉耶甫斯基昨晚却是用种种郁闷无益的思想打发掉漫漫长夜的,他没有睡好觉,而且那些思想使得夜间的闷热和黑暗似乎更加浓重了。这时候他精神不振,有气无力。游泳和咖啡也没提起他的兴致。

"亚历山大·达维狄奇,我们来接着谈下去,"他说,"我不想瞒着你,我要把你当作朋友,老老实实地告诉你:我跟娜杰日达·费多罗芙娜的关系不好……很不好!原谅我,我把我的隐私告诉了您,不过我不得不说。"

萨莫依连科已经预感到接下来会谈什么事,就垂下眼帘,用手指头敲桌子。

"我跟她同居了两年,已经不爱她了……"拉耶甫斯基讲下去,"或者不如说,我们之间压根儿就没有什么爱情。……这两年其实是互相欺骗罢了。"

拉耶甫斯基有个习惯,讲话的时候总是注意地瞅他的粉红色手心,咬手指甲,或者伸出手指头揉他的袖口。现在他就在这样做。

"我清楚地知道,你没法帮我的忙,"他说,"不过我所以要对你说这件事,是因为对我们这班失意的和多余的人来说,要想得救,全靠喋喋不休了。我得总结我每一个行动,我得在什么人的学说里,在文学的典型里,为我的荒唐生活找到说明和辩解,例如,我们这些贵族在退化,等等。……比方说,昨天晚上我就安慰自己,老是在想:啊,托尔斯泰多么正确,多么无情地正确啊!这么一来,我就觉得轻松点了。真的,老兄,他是个伟大的作家!任凭你怎么说,反正他是个伟大的作家!"

萨莫依连科从来也没看过托尔斯泰的作品,天天都打算读一下,这时候发窘了,说道:

"是的,所有的作家都是凭幻想写东西,可是他写的却是实际生活。……"

"我的上帝,"拉耶甫斯基叹道,"我们受文明的害多么深啊!我爱上一个有夫之妇,她呢,也爱我。……起初我们又是接吻,又是安静的黄昏,又是海誓山盟,又是斯宾塞①,又是理想,又是共同的志趣。……多么虚伪呀!实际上我们是从她丈夫家里私奔的,可是我们却欺骗自己说,我们逃脱了我们知识分子空虚的生活。我们这样描画我们的未来:先来到高加索,为了熟悉一下地方和人,我姑且穿上文官制服,到机关里工作,然后找一个空旷的地方买下一块地,劳动得脸上流汗,开辟一个葡萄园,垦出一片地,等等。假如不是我,而是你或者你那个动物学家冯·柯连,你们也许就会跟娜杰日达·费多罗芙娜一块儿生活三十年,给你们的继承人留下一个富饶的葡萄园和一千俄亩②玉米

---

① 斯宾塞(1820—1903),英国哲学家和社会学家,理论社会学的创始人之一。
② 1俄亩等于1.09公顷。

田,我呢,却从头一天起就觉得自己像是个破产的人。在城里住着,热得受不了,闷得慌,缺人做伴,到田野上去,却又觉得每一丛灌木里,每一块石头底下,都好像有避日虫、蝎子、蛇藏着。田野之外就是高山和荒野。陌生的人、陌生的大自然、贫乏可怜的文化,所有这些,老兄,可不像穿着皮大衣,挽着娜杰日达·费多罗芙娜的胳膊在涅瓦大街上散步,幻想温暖的地方那么轻松。这儿需要的是生死的搏斗,可是我哪里是个战士呢?我是个可怜的神经衰弱患者,干不了粗活的娇客。……从头一天起,我就体会到我那些关于劳动生活和葡萄园的想法简直是活见鬼。至于爱情,那么我得告诉你,跟一个读过斯宾塞著作而且愿意跟你走遍天涯海角的女人一块儿生活,就像跟安菲萨或者阿库里娜①之流一块儿生活那样乏味。照样有熨斗、脂粉、药品的气味,每天早晨也照样有卷发纸,也照样自己骗

---

① 旧俄时代农村妇女常起的名字。

自己。……"

"家里缺了熨斗是不行的。"萨莫依连科说,听到拉耶甫斯基对他这么坦率地谈到一个他认识的女人,不由得涨红了脸。"你,万尼亚,今天心绪不好,我看出来了。娜杰日达·费多罗芙娜是受过教育的好女人,你呢,是个才智卓越的人。……当然,你们没有正式结婚,"萨莫依连科接着说,往邻近的几张桌子看一眼,"不过,这不是你们的过错,再者……应当抛弃成见,站在当代思想水平上才对。我自己就是赞成自由结合的,是啊。……可是依我看来,一旦共同生活,就该共同生活到死。"

"没有爱情也该这样?"

"我马上给你解释,"萨莫依连科说,"大约八年以前我们这儿有个年老的经纪人,是个很有见识的人。他常这样说:家庭生活里最主要的是忍耐。你听到吗,万尼亚?不是爱情,而是忍耐。爱情不可能持续很久。你在爱情中已经生活了两年光景,而现在,你的家庭生活显然进入新的阶段,在这种时候,为了保持所谓平衡,你就必须运用你所有的忍耐力才成。……"

"你相信你那个年老的经纪人,可是对我来说,他出的主意却毫无道理。你那个老头子可以假仁假义,他可以锻炼他的耐性,把一个他不爱的人看作他的锻炼所不可缺少的对象。不过我还没有堕落得这么深。如果我想锻炼耐性,我就会买一对哑铃或者一匹倔强的马,却不会找一个活人。"

萨莫依连科要了加冰块的白葡萄酒。等到他们各自喝下一大杯,拉耶甫斯基忽然问道:

"劳驾,告诉我,什么叫作脑软化?"

"这个,我该怎样向你解释呢……这是这样一种病:脑子变得软了……仿佛变得稀薄了似的。"

"这种病治得好吗?"

"只要不耽误,那是治得好的。……凉水淋浴啦,斑蝥硬膏啦。……再吃一些内服药。"

"哦。……那么,你瞧瞧我的处境吧。跟她一同生活下去我办不到，我受不了啦。我跟你在一块儿，倒还能高谈阔论，脸上现出笑容，可是一回到家里，我就完全泄了气。我已经害怕极了，假定有个人对我说，我还得跟她一块儿生活下去，哪怕只生活一个月，我好像就会往我的脑门里开一枪。同时，要跟她分手也不可能。她孤孤单单，又不会工作。她没有钱，我也没有钱。……她怎么办呢？叫她去找谁呢？什么办法也想不出来。……是啊，你说说看，该怎么办呢？"

"嗯，是啊……"萨莫依连科闷声闷气地说，不知道该回答什么话才好，"她爱你吗？"

"是的，她爱我，那是因为在她这种年纪，按她那种气质，她需要男人。对她说来，跟我分开如同丢开脂粉或者卷发纸那样困难。在她心目中，我已经成为她闺房中一个不可缺少的组成部分了。"

萨莫依连科窘了。

"你，万尼亚，今天心绪不好，"他说，"多半你没睡好。"

"是的,我睡得不好。……总之,老兄,我觉得很不舒服。脑子里空荡荡,心脏好像停止了跳动,浑身没有力气。……应该跑掉才对!"

"跑到哪儿去?"

"跑到那边,北方。跑到有松树、有菌菇、有人群、有思想的地方去。……我宁愿缩短一半寿命,只求现在能够到莫斯科省或者图拉省一个什么地方去,在小河里洗个澡,挨一下冻,然后哪怕跟一个最差的大学生溜达三个钟头,聊一阵天也好。……那儿会有多么好闻的干草香气啊!你记得吗?到了傍晚就可以到花园里去散步,听钢琴声从正房飘来,听一列火车开过去……"

拉耶甫斯基高兴得笑起来,随后眼泪涌上了他的眼眶。他为了遮盖眼泪,并没有站起来,却探过身去,伸手在邻近的一张桌子上取火柴。

"我已经有十八年没去过俄罗斯,"萨莫依连科说,"我已经忘记那边是什么样子了。依我看来,再也不会有什么地方比高加索更美妙了。"

"韦列夏金①有这样一幅画:有几个被判死刑的人在一口深井底下受折磨。你这个美妙的高加索在我眼里就是这样一口井。如果有人要我在两条路当中选一条:要么在彼得堡做扫烟囱工人,要么到此地来做公爵,那我情愿做扫烟囱工人。"

拉耶甫斯基沉思了。萨莫依连科瞧着他那伛偻的身体,瞧着他那呆呆地出神的眼睛,瞧着他那苍白、冒汗的脸和凹下去的两鬓,瞧着他那咬坏的手指甲,瞧着他那双从脚后跟滑下来、露出缝补得很差的袜子的便鞋,不由得满腔怜悯;而且,多半因为拉耶甫斯基使他联想到孤苦伶仃的小孩,便问道:

"你母亲还活着吗?"

"活着,不过我跟她闹翻了。她为了我和一个女人的这种结合而不能原谅我。"

---

① 韦列夏金(1842—1904),俄国现实主义画家。

萨莫依连科喜欢他的朋友。他把拉耶甫斯基看作一个好人,一个大学生,一个直爽的人,跟这样的人可以喝喝酒,笑一阵,毫无顾忌地谈谈天。在拉耶甫斯基的行为举止中,凡是萨莫依连科了解的地方他都极不喜欢。拉耶甫斯基喝很多的酒,而且往往喝得不是时候,喜欢打纸牌,蔑视自己的工作,生活入不敷出,在谈话里常常使用不中听的字眼,穿着便鞋在街上走路,当着外人的面跟娜杰日达·费多罗芙娜吵架,这些都是萨莫依连科很不喜欢的。至于拉耶甫斯基以前在大学语文系里读过书,如今订阅两种厚杂志,谈吐常常十分深奥,只有少数人能听懂,跟一个有知识的女人一块儿生活,这些都是萨莫依连科不了解的,却反而使他喜欢,他认为拉耶甫斯基比自己高明,因而尊敬他。

"还有一件事,"拉耶甫斯基说,摇一下头,"不过这话不能宣扬出去。我眼前还瞒着娜杰日达·费多罗芙娜,你可别当着她的面说走了嘴。……前天我接到一封信,说是她的丈夫得了脑软化症死了。"

"祝他升天堂……"萨莫依连科叹道,"可是你为什么瞒着她呢?"

"给她看这封信就无异于说,我们到教堂去举行婚礼吧。可是,首先得把我们的关系弄弄清楚。等到她相信我们不能继续共同生活下去,我才把这封信拿给她看。那时候就不会有危险了。"

"你要知道,万尼亚,"萨莫依连科说,他的脸忽然现出忧郁的恳求神情,仿佛打算要求一件很美妙的事,生怕遭到拒绝似的,"你结婚吧,好朋友!"

"为什么呢?"

"尽你对这个好女人所应尽的责任啊!她丈夫死了,这是上帝亲自指点你该怎么办!"

"可是你要明白,怪人,这是不行的。没有爱情而结婚是卑鄙可耻的,就跟不信宗教而去做祷告一样。"

"可你有责任结婚!"

"为什么我有责任?"拉耶甫斯基生气地问道。

"因为你既然把她从她丈夫那儿带走,你就负有责任了。"

"可是我已经用俄国话对你说清楚了：我不爱她！"

"好，你不爱她，那就该尊重她，博得她的欢心。……"

"尊重她，博得她的欢心……"拉耶甫斯基讥诮说，"好像她是个女修道院长似的。……如果你认为单靠尊重和恭敬就能跟一个女人一块儿生活，那你就是个糟糕的心理学家和生理学家。女人首先需要的是卧室哟。"

"万尼亚，万尼亚……"萨莫依连科发窘了。

"你是个老孩子，理论家，我呢，是个小老头，实干家，我们永远也不会互相了解。我们还是不要再谈下去的好。穆斯达法！"拉耶甫斯基对堂倌叫道，"我们这儿多少钱？"

"不，不……"军医官惊慌地说，抓住拉耶甫斯基的胳膊，"钱该我付。是我要的酒。记在我的账上！"

他对穆斯达法喊道。

两个朋友站起来,默默地顺着那条堤岸走去。在林荫道入口的地方,他们站住,互相握手告别。

"你们这种人都给惯坏了,先生!"萨莫依连科叹道,"命运赐给你一个年轻美丽而且受过教育的女人,你却不要,我呢,即使上帝赐给我一个歪歪扭扭的老太婆,只要她温存、心好,我也就心满意足了!我会跟她一块儿住在葡萄园里,而且……"

萨莫依连科忽然觉得这话不对头,就说:

"而且叫她这个老巫婆给我烧茶炊。"

他跟拉耶甫斯基分手以后,沿着林荫道走去。每逢他这个体态笨重、神态庄重的人,脸上带着严厉的表情,身穿一件雪白的军服上装,脚蹬一双擦得很亮的靴子,挺起胸膛,胸前明晃晃地挂着一个系丝带的弗拉季米尔勋章,沿着林荫道走去,他总是自我欣赏,觉得整个世界好像都在高兴地瞧着他似的。他不转动脑袋,瞧着大路两旁,觉得这条林荫道修建得十分完美,那些小柏树、桉树、瘦弱难看的棕榈树都很美,日后会铺开很大的树荫,觉得切尔克斯人是诚实而好客的民族。"奇怪,拉耶甫斯基居然不喜欢高加索,"他暗想,"怪极了。"他在路上遇见五个扛着枪的兵,他们对他行礼。林荫道右边,人行道上有一个文官的妻子带着她的儿子(中学生)走着。

"玛丽雅·康斯坦丁诺芙娜,早上好!"萨莫依连科愉快地微笑着,对她叫道,"您去游泳?哈哈哈。……替我问尼科季木·亚历山德雷奇好!"

他又往前走去,仍旧愉快地微笑着,可是看见一个军医士迎面走来,他忽然皱起眉头,拦住他,问道:

"诊疗所里有人来看病吗?"

"没有,大人。"

"啊?"

"没有,大人。"

"好,你走吧。……"

他大摇大摆地走到一个卖柠檬水的棚子里,柜台

里坐着一个胸脯丰满、冒充格鲁吉亚人的犹太老太婆。他对她大声说话,仿佛在对一团人下命令似的:

"劳驾,给我拿瓶苏打水来!"

二

拉耶甫斯基不爱娜杰日达·费多罗芙娜,这主要表现在凡是她所说的话和所做的事,在他看来都像是作假,或者近似作假。凡是他在书报上读到过的斥责女人和爱情的言论,在他看来都好像能够最恰当不过地应用到他身上、娜杰日达·费多罗芙娜身上以及她丈夫身上。等他回到家里,她已经穿好衣服,梳好头发,正坐在窗前,带着专心的神情喝咖啡,翻一本厚杂志。他心里就想:喝咖啡并不是什么了不得的大事,犯不上因此做出专心的脸色,而且她也不必浪费时间梳出时髦的发型,因为这儿没有人喜欢这种发型,这是白费心思。在那本杂志上,他也看出了虚伪。他心想,她穿衣服和梳头发都是要显得漂亮,看杂志是要显得聪明。

"我今天去洗个澡,好吗?"她问。

"那有什么关系?你去也好,不去也好,我看总不会因此发生地震吧。……"

"不,我问这句话,是因为怕大夫会生气。"

"那就去问大夫好了。我又不是大夫。"

这一回娜杰日达·费多罗芙娜惹得拉耶甫斯基最不喜欢的,是她那裸露的白脖子和脑后卷起来的一绺头发。他想起,安娜·卡列尼娜①在不爱她丈夫的时候,最不喜欢他的耳朵,就暗自想道:"这是多么真实!多么真实啊!"他感到浑身乏力,脑子里空荡荡,就走到书房里,在长沙发上躺下,拿手绢盖上脸,免得苍蝇来打搅他。那些纠缠在同一个问题上的思想,软弱无力,却源源不断在他的脑子里铺展开来,好比秋天阴雨

---

① 托尔斯泰的长篇小说《安娜·卡列尼娜》中的女主人公。

的傍晚出现的一长串车队。于是他陷进一种睡意蒙眬的抑郁状态里去了。他觉得他对不起娜杰日达·费多罗芙娜,也对不起她的丈夫,觉得她丈夫去世就是由他造成的。他觉得对不起他自己的生活,因为他把它毁掉了。他觉得也对不起那个充满崇高的思想、知识和劳动的世界,在他的心目中,那个美妙的世界是可能有的,存在的,然而不是在这儿,这儿只有饥饿的土耳其人和懒散的阿布哈兹人在海岸上徘徊,而是在那边,在北方,那儿有歌剧,有戏院,有报纸,有种种脑力劳动。要做正直、聪明、高尚、纯洁的人,就只能到那边去,而不能待在此地。他责难自己在生活里缺乏理想和指导思想,然而这些东西究竟是什么,他现在却了解得模模糊糊。两年前他爱上娜杰日达·费多罗芙娜,觉得只要跟娜杰日达·费多罗芙娜结合,跟她一起到高加索来,他就会摆脱生活的庸俗和空虚而得救;如今他却相信,只要他丢开娜杰日达·费多罗芙娜,动身到彼得堡去,他所需要的一切就会到手了。

"跑掉吧!"他嘟哝着,坐起来,咬着手指甲,"跑掉吧!"

他想象着他怎样坐上轮船,后来吃早饭,喝清凉的啤酒,在甲板上跟太太们谈天,然后在塞瓦斯托波尔坐上火车,再往前走。万岁啊,自由!火车站一个个地闪过去,空气越来越寒冷刺骨,然后出现了桦树和枞树,接着是库尔斯克、莫斯科。……火车站上的饮食部里有白菜汤,有羊肉粥,有鲟鱼肉,有啤酒,一句话,再也不会有亚细亚的不文明,全是俄罗斯气派,真正的俄罗斯气派。火车上的乘客们讲起生意和新的歌女,议论法国和俄国之间的亲善关系。到处都可以使人感到活跃的、文化的、智力的、蓬勃的生活。……快点吧,快点吧!最后总算出现了涅瓦大街、大莫尔斯卡亚街①,接着是以前他在大学生时代住过的柯温斯基巷,然后是可爱的灰色天空、毛毛细雨、淋湿的街头马车。……

---

① 都在彼得堡。

"伊凡·安德烈伊奇!"有人在隔壁房间里叫他,"您在家吗?"

"我在这儿!"拉耶甫斯基回答说,"您有什么事?"

"公文!"

拉耶甫斯基懒洋洋地站起来,觉得脑袋发晕。他打着哈欠,趿着便鞋,走进隔壁房间。那儿,在临街的敞开的窗口外面,站着他的年轻的同事,窗台上摊开一些政府的公文。

"我马上就来,亲爱的。"拉耶甫斯基温和地说,走出去找墨水瓶。等他回到窗口来,他没看公文就在上面签了字,说:"天真热啊!"

"是的。您今天来吗?"

"大概不去了。……我有点不舒服。亲爱的,请您告诉谢希科甫斯基,就说吃过饭我去找他。"

文官走了。拉耶甫斯基又在他房间里长沙发上躺下,开始思索:

"那么,我得估量一切情况,仔细考虑一下才对。

我离开此地以前,先得还清债务。我欠下将近两千卢布。我身边却没有钱。……当然,这并不要紧。眼前我设法还掉一部分,另一部分以后我从彼得堡寄来就是。关键是娜杰日达·费多罗芙娜的问题。……首先得明确我们的关系。……是啊。"

过了一会儿,他又想:是不是最好去找萨莫依连科商量一下呢?

"去倒也不妨去,"他想,"不过去一趟到底有什么好处呢?我又会对他讲闺房,讲女人,讲正直或者不正直,说出许多不得体的话。眼前,既然得赶快拯救我的生活,既然我在这种该死的不自由状态里透不过气来,会把自己活活折磨死;那么,见他的鬼,何必还要谈什么正直或者不正直呢?……现在总应该明白,再继续过我这样的生活,简直卑鄙和残酷,跟这件事情相比,其他一切事情都渺小而不足道了。跑掉吧!"他嘟哝说,坐起来,"跑掉吧!"

海岸一片荒凉,炎热无法消解,烟雾迷蒙的淡紫色山峦单调乏味,老是一个样子,静寂无声,冷冷清清,这些都使他满心苦闷,仿佛催他入睡,耗掉他的精力似的。也许他很聪明,有才气,非常正直;要不是大海和山脉四面八方把他圈住,或许他会成为出色的地方自治会活动家,国家要人,演说家,政论家,建功立业的人吧。谁知道呢?既是这样,那么,如果一个有才能而且有用处的人,例如音乐家或者画家,为了逃出牢笼而挖破墙壁和欺骗看守,外人大谈这样做正直不正直,这岂不是愚蠢吗?一个人处在这种情况下,不论做什么事都是正直的。

下午两点钟,拉耶甫斯基和娜杰日达·费多罗芙娜坐下来吃午饭。厨娘给他们端来大米番茄汤,拉耶甫斯基就说:

"每天老是这个汤。为什么不做白菜汤呢?"

"没有白菜。"

"奇怪。萨莫依连科家里做白菜汤,玛丽雅·康斯坦丁诺芙娜家里做白菜汤,唯独我,却不知什么缘故得喝这种发甜的泔水。这样下去是不行的,亲爱的。"

如同大多数夫妇经常发生的情况一样,起初,拉耶甫斯基和娜杰日达·费多罗芙娜之间没有一顿饭不发生一点小口角,闹一场,可是自从拉耶甫斯基断定已经不爱她以后,他倒极力在各方面向娜杰日达·费多罗芙娜让步,对她讲话又温和又客气,赔着笑脸,称呼她"亲爱的"。

"这种汤的味道跟甘草差不多,"他微笑着说,极力控制自己,装得挺和气,可是又忍不住说道,"我们家里没有人管家务。……既然你总是有病,或者忙着看书,那么,也罢,我自己下厨房就是。"

换了在先前,她就会回答他说:"你就下厨房好了",或者"我看得出来,你是要叫我做厨娘",然而现在她光是胆怯地瞧他一眼,涨红了脸。

"那么,你今天觉得身体怎么样?"他亲切地问。

"今天没什么。还好,只是有点虚弱罢了。"

"应当保重身体才是,亲爱的。我十分为你

担心。"

娜杰日达·费多罗芙娜得了一种什么病。萨莫依连科说她得的是间歇热,给她吃奎宁。可是另一个大夫乌斯契莫维奇却认为她得的是妇女病,吩咐她用热压布治疗,这个大夫是个又高又瘦、性情孤僻的人,白天坐在家里,傍晚在堤岸上慢腾腾地散步,倒背着手,手杖压在背脊上,常常咳嗽。从前拉耶甫斯基爱娜杰日达·费多罗芙娜的时候,她的病总是在他心里引起怜悯和担忧;可是现在他觉得,连她害病也在作假。娜杰日达·费多罗芙娜发过间歇热后她那张睡意蒙眬的黄脸,那种没有精神的目光,那种不断的哈欠,她在发病的时候躺在方格毛毯底下与其说像女人不如说像男孩的那种样子,她房间里那种闷热难闻的气味,依他看来,都破坏幻想,成为爱情和婚姻的障碍。

第二道菜,他吃的是熟鸡蛋加菠菜,娜杰日达·费多罗芙娜是病人,吃的是牛奶果子羹。她带着专心的神情先用匙子搅一下果子羹,然后懒洋洋地吃果子,喝

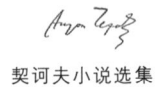
契诃夫小说选集

牛奶,他听着她的吞咽声,心里生出难以忍受的憎恶感,害得他的头皮都发痒了。他承认这种感情哪怕用来对待狗都要算是侮辱,然而他气恼的却不是他自己,而是娜杰日达·费多罗芙娜,因为她居然在他心里引起了这样的感情。他这才明白为什么有的时候男人会杀死情妇。他自己当然不会杀人,不过如果他现在有机会做陪审员,那他就会主张将凶手无罪开释。

"谢谢①,亲爱的。"他吃完饭后说,吻一下娜杰日达·费多罗芙娜的额头。

他回到自己的书房里,从这个墙角走到那个墙角,来来回回走了五分钟光景,斜起眼睛看他那双靴子,然后在长沙发上坐下,嘟哝说:

"跑掉吧,跑掉吧!明确了关系就跑掉吧!"

他在长沙发上躺下来,又想起娜杰日达·费多罗芙娜的丈夫去世也许真是由他造成的。

---

① 原文为法语。

决斗集

"责难某人爱上或者不再爱某个人,那是愚蠢的,"他躺在那儿说服自己,同时伸出脚去穿上靴子,"爱和恨不受我们的支配。讲到她的丈夫,我也许是造成他死亡的间接原因之一,不过话得说回来,我爱上他的妻子,他的妻子爱上我,这也该怪我吗?"

随后他站起来,找到他的制帽,就动身到他的同事谢希科甫斯基家去,文官们每天都聚在他的家里玩"文特"①,喝凉啤酒。

"我这种犹疑不决很像哈姆雷特,"拉耶甫斯基在路上暗想,"莎士比亚观察得多么真实!嘿,多么真实啊!"

三

为了排遣烦闷,也为了体谅新到此地却没带家眷

---

① 一种纸牌戏。

的人由于城里没有旅馆而无处吃饭的困境,军医官萨莫依连科为他们办了一件事:在自己家里向他们供应包饭。在这段时期,只有两个人在他家里搭伙:一个是年轻的动物学家冯·柯连,他今年夏天来到此地,在黑海边研究海蜇的胚胎,另一个是助祭波别多夫,他不久以前在宗教学校毕业,奉派到这个城里来接替一个出外医病的老助祭的职务。他们两个人包午饭和晚饭,每个月各付十二卢布,萨莫依连科要他们保证准时两点钟来吃午饭。

头一个来的照例是冯·柯连。他不声不响,在客厅里坐下,从桌上拿来照相簿,开始专心地细看那些褪色的照片,照片上有些不相识的男人,穿着肥裤子,戴着高礼帽,也有些女人,穿着钟式裙,戴着包发帽。萨莫依连科只记得其中少数人的姓名,关于他已经忘掉姓名的人,他总是赞叹道:"那是个非常出色、有大才大智的人啊!"冯·柯连看完照相簿,就从格子柜里取出一把手枪,眯细左眼,长时间对着沃龙佐夫公爵的肖像瞄准,要不然他就在一面镜子跟前站住,端详他那张皮肤黝黑的脸,大额头,像黑人一样拳曲的头发,那颜色发暗、印着好像波斯地毯上那种大花的布衬衫和代替坎肩的宽皮带。对他来说,观察自己大概比看照片或者玩那装在贵重的柜子里的手枪更愉快。他的脸也好,他那剪得漂亮的胡子也好,他那显然可以证明健康良好和体质茁壮的肩膀也好,都使他觉得很满意。他也满意他那从配合衬衫颜色的领结到黄色皮鞋的时髦装束。

他端详照片,照镜子,而萨莫依连科却在厨房和它旁边的穿堂里忙碌,他没穿上衣和坎肩,袒露着胸脯,神情兴奋,大汗淋漓,在桌子旁边忙忙碌碌,他在拌生菜或者做一种调味的佐料,再不然就切牛肉、黄瓜、葱,以便做冷杂拌汤,同时恶狠狠地瞪起眼睛瞧着帮他烹调的勤务兵,时而对他挥舞菜刀,时而挥舞汤瓢。

"拿醋来!"他命令道。"这不是醋,这是橄榄油!"他嚷着,跺脚,"可是你上哪儿去,畜生?"

"去拿黄油,大人。"惊慌的勤务兵用发颤的高音说。

"快点!它在柜子里!你告诉达丽雅,叫她往黄瓜罐里添点茴香!茴香!把酸奶油盖上,你这个马马虎虎的家伙,要不然苍蝇就飞上去了!"

他一喊不要紧,仿佛整个房子都响起来了。离两点钟还差十分或者十五分钟,助祭也来了。他是个二十二岁左右的青年,长得精瘦,头发很长,没留胡子,唇髭也少得看不大出来。他走进客厅,就对着神像在胸前画个十字,微微笑着,向冯·柯连伸出一只手来。

"您好,"动物学家冷冷地说,"您到哪儿去了?"

"到码头上去捉鰕虎鱼来着。"

"嗯,当然。……看来,助祭,您永远也不会忙着干工作的。"

"何必忙呢?工作又不是熊,不会跑进树林里去的。"助祭说,笑吟吟的,把手伸进他那穿在圣衣里面的白色长衣的很深的口袋里。

"可惜没有人来打您一顿!"动物学家说,叹了口气。

又过了十五到二十分钟,还没有人来叫他们去吃饭。仍旧可以听见勤务兵从穿堂跑进厨房,再跑回去,皮靴噔噔地响,萨莫依连科嚷道:

"把它放在桌子上!你往哪儿塞啊?先洗干净!"

挨饿的助祭和冯·柯连开始用鞋后跟跺地板,借此表示他们等得心焦了,就像剧院里高层楼座的看客一样。最后,房门总算开了,累得要命的勤务兵通报说:"开饭了!"在饭厅里,萨莫依连科脸色发紫,给厨房的热气弄得汗流浃背,带着气呼呼的神情正在等待他们;他凶恶地瞧着他们,脸上带着害怕的神情揭开汤钵的盖子,给他们两人各舀满一盘汤,直到相信他们喝得津津有味,喜欢喝这种汤,他这才轻松地舒一口气,在他那把深深的圈椅上坐下。他的脸上现出陶然心醉、甜蜜温柔的神情。……他不慌不忙地给自己斟上一杯白酒,说:

"为年青一代的健康干杯!"

自从跟拉耶甫斯基谈过话以后,萨莫依连科从早晨起一直到吃午饭,尽管心绪十分好,却总觉得心灵深处压着一块沉重的东西。他怜惜拉耶甫斯基,想帮助他。他在喝汤以前喝下一杯白酒,叹口气说:

"我今天看见万尼亚·拉耶甫斯基了。这个人的日子很不好过。他生活的物质方面不能令人满意,不过主要的是心理上很不好受。这个小伙子很可怜。"

"我才不会可怜这种人呢!"冯·柯连说,"要是这个可爱的男子失足落水,那我就会再用手杖推他一下:淹死吧,老兄,淹死吧。……"

"这是假话。你不会这么做的。"

"你为什么这样想呢?"动物学家耸耸肩膀说,"我跟你一样也会做好事的。"

"难道淹死人也算是好事?"助祭问,笑起来。

"淹死拉耶甫斯基? 这是好事。"

"冷杂拌汤里好像缺点什么……"萨莫依连科说,

打算改变话题。

"拉耶甫斯基是绝对有害的,对社会的危险性不下于霍乱细菌,"冯·柯连说,"淹死他是一件功德无量的事。"

"你照这样讲你的朋友,是不会给你添什么光彩的。你说说看:你为什么痛恨他?"

"不要说废话,大夫。痛恨和藐视细菌是愚蠢的,然而把自己所遇到的人,不分青红皂白,一概看作朋友,那么,多谢多谢,这是不辨是非,不肯对人采取公正的态度,一句话,这是不负责任。我认为你的拉耶甫斯基是个坏蛋,我并没掩盖这一点,而且完全本着良心,像对待坏蛋那样对待他。哼,你却把他看作你的朋友,那你就跟他接吻去吧。你把他看作你的朋友,这就是说,你对待他跟你对待我和助祭一样,或者说,大体一样。你对所有的人一概无所谓。"

"把人说成坏蛋!"萨莫依连科嘟哝说,厌恶地皱起眉头,"这简直糟透了,我都不知道该怎么跟你说好了!"

"判断人要以人的行动为依据,"冯·柯连接着说,"现在请您判断吧,助祭。……我来跟您谈一下,助祭。拉耶甫斯基先生的活动明明白白地摊在您的面前,好比中国的长长的一行字,您可以从头读到尾。他在这儿住了两年,都干了些什么?我们可以扳着手指头一件件地来讲。第一,他教会本城的居民们玩'文特',两年以前此地人不懂这种赌博,可是现在,所有的人,连女人和少年也都一天到晚玩'文特'了。第二,他教会市民们喝啤酒,这儿的人本来也没领略过这东西;承他的情,市民们才弄懂了各种不同的啤酒,所以现在即使用布把他们的眼睛蒙上,他们也还是能辨别哪种是柯谢列夫牌,哪种是斯米尔诺夫牌第二十一号。第三,从前此地的男人跟别人的妻子私通是在暗地里干的,原因就跟贼在暗地里偷东西而不明着干一样。通奸素来给人看作一种见不得人的事,然而拉耶甫斯基在这方面做了开路先锋,他公开跟别人的老婆同居。第四……"

冯·柯连很快地喝完冷杂拌汤,把盘子递给勤务兵。

"我跟拉耶甫斯基相识以后,从头一个月起就看透他了,"他接着对助祭说,"我们是同时到达此地的。像他那样的人总很喜欢友谊啦,亲近啦,团结之类的东西,因为他们老是需要有同伴陪他们玩'文特',喝酒,吃饭,况且,他们喜欢闲谈,那就需要有人听他们讲话。我们交成朋友了,那就是说,他每天逛荡到我这儿来,妨碍我工作,毫无顾忌地讲他情妇的事。从一开头,他那不同寻常的谎话就使我暗暗吃惊,简直惹得我要呕。我以朋友的身份责备他,说他何苦喝这么多的酒,为什么生活得入不敷出,欠下了债,为什么一点事也不做,什么书也不看,为什么这么缺乏修养,知道得这么少。他回答我这些问题的时候,却苦笑着,叹口气,说,'我是个失意的人,多余的人啊',或者说,'您要我们这些农奴制的残余怎么样呢?'或者说,'我们退化了……'

要不然,他就废话连篇,讲起奥涅金啦,毕巧林啦,拜伦的该隐啦,巴扎罗夫①啦。他讲到他们,总是说:'他们就是我们肉体上和精神上的父亲'。这就是说,你们得明白,政府的公文一连好几个星期丢在那儿不拆封并不是他的过错,他自己喝酒而且叫别人喝酒也不是他的过错,该对这类事负责的倒是奥涅金、毕巧林以及写过失意的人和多余的人的屠格涅夫。您看,他极度放荡和荒唐的原因并不在他本身,却在他外面的什么地方。再者,多么巧妙的想法!原来放荡、虚伪、肮脏的不单是他一个人,而是我们……'我们这些八十年代的人','我们这些软弱的和神经质的农奴制子孙','我们受了文明的害'……一句话,我们得明白,像拉耶甫斯基这样伟大的人就是在堕落当中也还是伟大的。他的放荡、缺乏教养、

---

① 奥涅金是普希金的《叶甫盖尼·奥涅金》中的主人公;毕巧林是莱蒙托夫的《当代英雄》中的主人公;该隐是拜伦的诗体剧《该隐》中的主人公;巴扎罗夫是屠格涅夫的《父与子》中的主人公。

卑鄙龌龊,是一种自然现象和历史现象,由于不可避免而变得神圣了,其中的原因是带有世界性和自发性的,为此,在拉耶甫斯基面前应当点上长明灯,因为他是时代、潮流、遗传等等的不幸的牺牲品。所有的文官和太太听他讲话,都止不住赞叹,可是我很久都弄不明白,跟我打交道的这个人究竟是个愤世嫉俗者呢,还是个灵巧的骗子。像他这种表面上是个知识分子而实际上一知半解、竭力吹嘘自己高雅的人,是善于装得性格异常复杂的。"

"闭嘴!"萨莫依连科说,冒火了,"我不容许在我面前把一个极高尚的人说得这么坏!"

"你别打岔,亚历山大·达维狄奇,"冯·柯连冷静地说,"我就要说完了。拉耶甫斯基是相当简单的有机体。他精神的骨架是这样:早晨,是便鞋、洗澡、咖啡,这以后直到午饭前,是便鞋、散步、谈话,下午两点钟,是便鞋、午饭、酒,五点钟,是洗澡、茶、酒,然后玩'文特'、说谎,十点钟,是晚饭、酒,午夜以后,是睡眠、女人①。他的生活就包含在这个狭窄的框架里,好比鸡蛋包在蛋壳里。他走路也好,坐着也好,生气也好,写字也好,高兴也好,全都可以归结到酒、纸牌、便鞋、女人上。女人在他的生活里占决定性的和压倒一切的地位。他自己说过,他十三岁坠入情网,刚做一年级大学生就跟一位太太私通,那女人对他有过良好的影响,他在她那儿受到音乐教育。他读到大学二年级,花钱从妓院里赎出一个妓女,把她的地位提得跟他一般高,也就是说,叫她做他的情妇,可是她跟他同居了半年,就跑回鸨母那儿去了,这件事使他精神上受到不少痛苦。唉,他痛苦极了,只好离开大学,在家里住了两年,什么工作也没做。可是,这反而更好。在家里,他勾搭上一个寡妇,她劝他脱离法律系,转到语文系。他照这样做了。他毕业以后,热烈地爱上了现在这个……该怎么说呢?……有夫之妇,不得不跟她一同跑到高加

---

① 原文为法语。

索来,据说是为了理想才这样做的。……不是今天就是明天,他又会不再爱她,跑回彼得堡,而且那也是为了理想。"

"可你是怎么知道的?"萨莫依连科嘟哝说,气愤地瞧着动物学家,"你还是吃饭的好。"

这时候端上来炖鲻鱼加波兰调味汁。萨莫依连科给两个搭伙的客人每人一整条鲻鱼,亲自给他们倒上波兰调味汁。他们在沉默中过了两分钟。

"女人在每个男人的生活里都占重大的地位,"助祭说,"这是没法可想的。"

"不错,可是重大到什么程度呢?对我们每个人来说,女人是母亲、姐妹、妻子、朋友;然而对拉耶甫斯基来说,女人成了一切,同时又仅仅是情妇。女人,也就是说跟女人姘居,成了他生活的幸福和目标;他快活、忧愁、烦闷、幻灭,那都是由于女人;生活使他厌烦,那也得怪女人不对。新生活的曙光亮起来,理想出现了,那就又要找女人。……作品也好,图画也好,其中必得有女人才能使他满意。我们这个时代,依他看来,其所以不好,比四十年代和六十年代差,也只是因为我们不善于在恋爱的缠绵和情欲里沉湎到忘我的地步罢了。在这些好色之徒的脑子里,多半有着近似肉瘤的赘生物,它压住脑子,指挥他们的全部心理活动。每逢拉耶甫斯基在一个社交场合坐着,你们只要观察一下就会发现:要是有人在他面前提出一般的问题,例如细胞或者本能问题,他就坐在一旁,闷声不响,也不听人家说话。他显得没精打采,失望,对什么都不感兴趣,觉得一切都庸俗,无聊;不过,只要你们谈到公的和母的,例如谈到雌蜘蛛在受精以后总是把雄蜘蛛吃掉,他的眼睛就会由于好奇心而发亮,他的脸色就会开朗,一句话,他活了。所有他的思想,不管多么高尚,多么崇高,多么冷静,永远有这么一个共同的会合点。你跟他一块儿在街上走,比方说,遇见一头驴。……他就会问:'劳驾,请您说说看,要是让一头母驴同一头骆驼交配,那会怎么样?'还有那些梦!他跟您讲过他那些梦吗？真是精彩！一会儿他梦见跟月亮结婚，一会儿又梦见被警察叫去，要他跟一把六弦琴结婚。……"

助祭扬声大笑。萨莫依连科皱起眉头，生气地虎着脸，免得笑出来，可是到底忍不住，也笑起来了。

"这全是胡扯！"他说，擦干眼泪，"真的，胡扯！"

四

助祭很爱笑，只要遇到一点小事就会笑得岔了气，前仰后合。看来，他之所以喜欢跟人们相处，好像只是因为他们有可笑的一面，他可以给他们起个可笑的绰号罢了。他给萨莫依连科起一个绰号叫"毒蜘蛛"，给他的勤务兵起一个绰号叫"公鸭"，有一回听见冯·柯连把拉耶甫斯基和娜杰日达·费多罗芙娜叫作"猕猴"，简直乐坏了。他直视着人家的脸，眼睛一眨也不眨地听着人家讲话，谁都可以看出，他眼睛充满笑意，脸上的肌肉绷紧，正在急切地等待，以便机会一到就可以放开喉咙,哈哈大笑一阵。

"他是个荒淫腐化的人,"动物学家接着说,同时助祭等着可笑的话,盯紧他的脸,"像这样的废物是很少遇到的。他身体虚弱,消瘦,苍老,智力呢,跟胖老板娘没有什么不同,她们光是吃喝,在绒毛褥子上睡觉,跟自己的马车夫通奸。"

助祭又大笑不止。

"你别笑,助祭,"冯·柯连说,"这简直成了蠢笑。要不是因为他那么有害和危险,"他等到助祭止住笑声,接着说,"我也不会去注意他的渺小无聊,放过他算了。他的危害性首先在于他在女人那儿总是得到成功,因而有留下后代的危险,也就是说他会献给世界十几个跟他同样虚弱、腐化的拉耶甫斯基。第二,他有很强的传染力。我已经跟你们讲过'文特'和啤酒。再过一两年,他就会征服整个高加索的海滨。你们知道群众,特别是中间阶层的群众,他们多么相信文化水平,相信大学教育,相信高贵的气派和文学语言。不管他做什么歹事,大家都相信那是好的,理所当然的,因为他是个有学识、有自由主义思想、受过大学教育的人。再者,他又是个失意的人,多余的人,神经衰弱的人,时代的牺牲品,这就是说,他什么事都可以干。他是个可爱的人,心好的人,他那么诚恳地宽容人的弱点;他遇事好商量,肯让步,随和,不骄傲,跟他在一块儿不妨喝喝酒,说说下流话,闲扯一通。……群众永远倾向于宗教和道德方面的'神人同形观',最喜爱那些跟他们自己有同样弱点的偶像。你们想想看吧,他有多么广阔的天地可以发挥他的传染力!此外,他还是个很不错的演员,精于此道的伪君子,老练得很。就拿他的诡辩和花招来说吧,例如他对文明的态度。他压根儿不懂得文明是怎么回事,却说:'我们多么受文明的害啊!啊,我多么羡慕野蛮人,那些大自然的儿女,那些没有领略过文明的人啊!'你们看,这就是要我们明白,老早以前,他曾经把全部心灵献给文明,为它工作过,透彻地了解它,然而它使他筋疲力尽,使他失望,使他受了骗。你们要明白,他是浮士德,是第二个托尔斯泰。……至于叔本华和斯宾塞,他是看不上眼的,他们只能算是些孩子,他老气横秋地拍拍他们的肩膀,说:'嗯,怎么样,斯宾塞老兄?'当然,他没读过斯宾塞的著作,可他总是带着极其洒脱、满不在乎的讥诮口气谈到他的女人:'她居然读过斯宾塞的著作!'每逢这种时候,他显得多么可爱啊!大家都听他讲话,谁也不想理解,这个骗子非但没有权利用这种口气谈论斯宾塞,就连吻斯宾塞的脚后跟的权利都没有!挖文明的墙脚,挖权威的墙脚,挖别人的圣坛的墙脚,朝它们泼污水,嬉皮笑脸地对它们眨眼睛,这完全是为了掩盖自己的软弱和道德败坏,替自己辩护,只有酷爱虚荣、下贱、卑鄙的动物才干得出来。"

"柯里亚,我不知道你要他怎么样,"萨莫依连科瞧着动物学家说,他的目光不再显得气愤,而是带着负疚的神情了,"他跟所有的人一样,都是人。当然,他不是没有弱点,不过他站在当代思想的水平上,他在工作,为祖国带来益处。十年前有一个老经纪人在此地工作,是个很有见识的人。……他常常这样说……"

"得了,得了!"动物学家打断他的话,"你说他在工作。可是他在怎样工作呢?难道他一到此地来,秩序就变得好了,文官们按时办公了,也廉洁得多,有礼貌多了?正好相反,他凭受过大学教育的知识分子的权威反倒给他们的腐化推波助澜。他只有每月二十日领薪水的时候才按时到机关去,至于其余的日子,他只是在家里趿着便鞋,极力装出一副神情,好像他在高加索住下来就是赏给俄国政府很大的面子。不,亚历山大·达维狄奇,你不用替他辩白。你从头到尾不诚恳。如果你真喜欢他,认为他是你的朋友,那你首先就不会对他的弱点漠不关心,不会纵容这些弱点,你会为他好而极力消除他的危害作用。……"

"这是什么意思?"

"消除他的危害作用。既然他已经无法挽救,那就只有一个办法才能消除他的危害作用。……"

冯·柯连伸出一个手指头在自己脖子上戳了一下。

"或者把他淹死也行……"他补充说,"这样的人,为了人类的利益以及他们个人的利益,是必须消灭的。一定得这么办。"

"你说什么?!"萨莫依连科喃喃地说,站起来,惊愕地瞧着动物学家那张平静冷漠的脸,"助祭,他说什么?难道你神智正常吗?"

"我并不坚持一定要处死他,"冯·柯连说,"如果这样做证明有害,那就请您另外想出一个什么办法来。既然消灭拉耶甫斯基不行,那不妨把他隔离,剥夺他的自由,送他去做苦工。……"

"你说什么?"萨莫依连科说,吓坏了。"加胡椒,加胡椒!"他发现助祭吃带馅的西葫芦而没有加胡椒,就嚷道。"你这个有大才大智的人,你在说什么呀?!居然把我们的朋友,一个高傲而有学识的人,送去做苦工!!"

"如果他高傲,打算反抗,那就给他套上镣铐!"

萨莫依连科给弄得一句话也说不出来,只有活动手指头的份儿了。助祭看一眼他那副张口结舌确实滑稽的面相,就放声大笑。

"我们不要再谈这些了,"动物学家说,"只是有一点要记住,亚历山大·达维狄奇,原始的人类是依靠生存竞争和自然淘汰才消灭了像拉耶甫斯基那样的人而保存下来的。可是现在,我们的文化大大削弱了这种竞争和淘汰,我们就不得不自己来操心,动手消灭虚弱而不中用的人了,要不然,等到拉耶甫斯基之流繁殖起来,文明就会消亡,人类就会完全退化。我们就有罪了。"

"如果要把人淹死和绞死,"萨莫依连科说,"那就叫你的文明见鬼去吧,叫你的人类见鬼去吧!见鬼去吧!我告诉你:你是个有学问、有大才大智的人,是祖国的骄傲,可是德国人把你毁了。对,德国人!德国人!"

契诃夫小说选集

萨莫依连科自从在杰尔普特①学完医学,离开那儿以后,很少再见到德国人,也没有再读过德国书,不过按他的看法,政治上和科学上的坏事都是德国人搞出来的。他怎么会有这种看法的,他自己也说不上来,可是他坚定地抱着这种看法。

"是啊,德国人!"他又重复一遍,"我们去喝茶吧。"

三个人就站起来,戴上帽子,走到屋子前面的小园子里,在那些不起眼的槭树、梨树、栗树的树荫下面坐下来。动物学家和助祭坐在一张小桌旁边的长凳上,萨莫依连科则坐在一张有着宽阔而且倾斜的靠背的藤椅里。勤务兵端来茶、果酱和一瓶甜果汁。

天气很热,树荫底下也有三十度。炎热的空气停滞不动,一个蜘蛛网从栗树上垂下来,粘在地上,无力地挂着,一动也不动。

---

① 杰尔普特,爱沙尼亚的城市塔尔图的旧称。

决 斗 集

助祭拿起一把经常放在桌旁地上的六弦琴,定好弦,用尖嗓音轻声唱起来:"宗教学校的后生,站在酒店附近……"可是他立刻热得停住唱,擦额头上的汗,抬头看一眼火烧般的蓝天。萨莫依连科睡意蒙眬,炎热、寂静、饭后很快布满他四肢的舒服的倦意,使他浑身无力,迷迷糊糊。他的胳膊就垂下来,眼睛变小,脑袋耷拉到胸前。他带着含泪的温情瞧着冯·柯连和助祭,喃喃地说:

"年青的一代啊。……科学的明星,教会的荣耀。……瞧着吧,这个穿长袍的哈利路亚①会升成都主教,说不定我得吻他的手呢。……是啊……求上帝保佑吧。……"

不久就响起了鼾声。冯·柯连和助祭喝完茶,就动身到街上去了。

"您还要到码头上去捉鰕虎鱼吗?"

---

① 基督教祷告中对上帝的赞美词,在此借指教士。

"不了,天太热了。"

"那就到我那儿去。您可以把我要寄出去的东西打成包,再抄写点东西。顺便我们谈一谈您该干点什么事。应该工作,助祭。照这样下去是不行的。"

"您的话公正而合理,"助祭说,"不过我的懒散在我当前的生活状况下是情有可原的。您知道,地位不稳定,总是大大促进人们的淡漠心境。我究竟是暂时调到这儿来呢,还是永久住下,只有上帝才知道。我在这儿糊里糊涂地生活着,我的妻子呢,正在她父亲家里混日子,惦记我。老实说,我热得脑子都快融化了。"

"这都是胡说,"动物学家说,"不但炎热可以习惯,太太不在也是可以习惯的。不应当到处逛荡。应当控制自己才对。"

五

娜杰日达·费多罗芙娜早晨去洗澡,她的厨娘奥尔迦拿着一个水罐、一个铜盆、几条大毛巾、一块海绵,跟在她的后面。碇泊场上停着两条人们不熟悉的轮船,竖起肮脏的白烟囱,看来是外国的货轮。有些穿着白衣服和白皮鞋的男人在码头上走来走去,用法国话大声喊叫,轮船上有人对他们答话。本城的小教堂里,有人在起劲地敲钟。

"今天是星期日!"娜杰日达·费多罗芙娜快活地想起来。

她感到自己十分健康,带着假日的畅快心情。她穿一条肥大的新连衣裙,是用男人做衣服的粗茧绸缝的,头上戴一顶大草帽,她把宽帽边用力地向耳朵弯折,因此她的脸看上去仿佛装在小盒子里似的。她觉得自己很妩媚。她想到全城只有一个年轻漂亮的知识妇女,那就是她,而且只有她才会装束得又不费钱,又优美,又雅致。比方说,这条连衣裙只值二十二卢布,可是却多么可爱!全城只有她才能招男人们喜欢,而男人却有那么多,所以他们,不管有意无意,一定都在嫉妒拉耶甫斯基。

她想到近来拉耶甫斯基对她冷淡,勉强装出殷勤的样子,有时候甚至蛮横、粗鲁,她就暗自高兴。从前,她一看到他使性子,看到他那轻蔑而冷酷或者古怪而不可理解的目光,总是用眼泪和责备来还报,威胁说,她要离开他,或者索性不吃饭,活活饿死。然而现在呢,她的回答却只是涨红脸,负疚地瞧着他,见到他对她不亲热,反而暗自高兴。假如他骂她或者恐吓她,那倒更好,更愉快,因为她感到十分对不起他。她觉得她有过错,第一,她没有支持他对劳动生活的想望,而他却是为这一点才离开彼得堡到高加索来的,她相信近来他生她的气,正是因为这个缘故。当初她到高加索来,以为头一天就会在这儿海岸旁边找到一个朴素的小窝,门前有个舒服的小花园,树木成荫,鸟雀飞翔,小溪流水,她可以在这儿种花种菜,养鸡养鸭,招待邻居,为贫困的农民医病,散给他们一些小册子。不料高加索只有光秃秃的山峦、树林、大山谷,他们花了很长的时间选择，奔忙，才算安顿下来。这儿一个邻居也没有，天气很热，说不定会有人来抢劫。拉耶甫斯基没有急着买一块地，她为此暗暗高兴，他们两个人仿佛心照不宣，从此再也不提劳动生活。她认为他所以不提是因为她没提，于是他生她的气了。

第二，这两年她没跟他说一声就在阿契米安诺夫商店里买了各种零星物品，一共欠下三百卢布的债。她零零碎碎，时而买一块料子，时而买一段绸子，时而买一把阳伞，不知不觉积下了这笔债。

"今天我要把这件事告诉他……"她决定，不过又立刻想到，拉耶甫斯基眼前的心境不佳，对他提起债务不大合适。

第三，她已经有两次趁拉耶甫斯基不在家私自接待过警察分局长基利林：一次是在早晨，拉耶甫斯基出外洗澡去了，一次是在午夜，他出去玩"文特"了。娜杰日达·费多罗芙娜一想起这些就满脸涨得通红，回头看一眼厨娘，好像生怕她会偷听到她的思想似的。

白昼那么漫长,热得要命,弄得人心里烦闷,黄昏那么优美而又使人懒洋洋,夜晚总是闷热,她从早到晚简直不知道该怎样打发那些不必要的光阴才好,再加上她一个劲儿想着她是本城最漂亮和最年轻的女人,她的青春却在白白地过去,拉耶甫斯基固然诚实,有理想,然而单调,老是趿着一双便鞋走来走去,咬手指甲,乱发脾气惹得人厌烦,总之,这一切使她渐渐为情欲所控制,昼夜像发疯般地只想着这件事。她感到她的呼吸,眼光,声调,步态都充满情欲。海水的哗哗声对她诉说她应当谈恋爱,傍晚的幽暗也对她这样诉说,山峦也对她这样诉说。……等到基利林开始追求她,她就支持不住,不打算反抗,也没法反抗,索性委身于他了。……

现在那些外国的轮船和那些穿白衣服的人,不知什么缘故,使她联想到一座巨大的舞厅。随着那些法国话,圆舞曲的乐声也一同灌进她耳朵里来了。一种没来由的欢乐搅得她的胸脯颤抖起来。她巴不得跳舞,说法国话才好。

她快活地暗想,她这种失节行为没有什么可怕的。她的心并没有参与她的失节:她仍旧爱着拉耶甫斯基。这是显而易见的,因为她唯恐他爱上了别人,怜惜他,他不在家的时候惦记他。基利林其实平平常常,虽然漂亮,却有点粗俗。她已经跟他一刀两断,以后什么事也不会有了。发生过的事已经过去,这件事跟任何人都不相干,即使拉耶甫斯基知道了也不会相信的。

海岸上只有一个供女人使用的浴棚,男人在露天底下洗澡。娜杰日达·费多罗芙娜走进浴棚,在那儿碰见一个上了年纪的文官太太玛丽雅·康斯坦丁诺芙娜·比丘果娃和她那在中学里念书的十五岁女儿卡嘉。她们两人正坐在一条长凳上脱衣服。玛丽雅·康斯坦丁诺芙娜是个善良、热情、殷勤的人,说起话来拖长音调,有声有色。她三十二岁以前一直做家庭教师,后来才嫁给文官比丘果夫,他是个矮小秃头的男子,头发梳到鬓角上,脾气很温顺。她至今爱着他,唯恐失去他的爱,一听到"爱情"两字就脸红,口口声声对所有的人说,她十分幸福。

"我亲爱的!"她看见娜杰日达·费多罗芙娜就热情地说,脸上露出一种凡是她的熟人都称之为"十分妩媚的"神情,"亲爱的,您来了,这叫人多么高兴啊!我们一块儿洗澡,这太好啦!"

奥尔迦很快地脱掉自己身上的外衣和内衣,开始给她的太太脱衣服。

"今天天气不像昨天那么热,是吧?"娜杰日达·费多罗芙娜说,赤身露体的厨娘粗手粗脚地碰她的身体,害得她缩起身子,"昨天我差点儿热死!"

"嗯,是啊,亲爱的!我也几乎透不出气来。信不信由您,我昨天洗了三次澡……您想想看,三次!就连尼科季木·亚历山德雷奇都觉得不安了。"

"嘿,难道会有这么丑的人?"娜杰日达·费多罗芙娜看一眼厨娘和那个文官太太,心里思忖。她瞧了瞧卡嘉,暗想:"这个姑娘的身段倒还不错。""您的尼科季木·亚历山德雷奇可爱得很,可爱得很!"她说,"我简直爱上他了。"

"哈——哈——哈!"玛丽雅·康斯坦丁诺芙娜勉强笑着,"这太好了!"

娜杰日达·费多罗芙娜一脱掉衣服,就生出愿望,想飞上天去,而且她觉得,只要她挥动两条胳膊,就一定飞得上去。脱完衣服以后,她发现奥尔迦带着嫌弃的神情瞧她雪白的身体。奥尔迦是兵士的年轻妻子,跟自己合法的丈夫一块儿生活,所以认为自己比她好,比她高一等。娜杰日达·费多罗芙娜还感到玛丽雅·康斯坦丁诺芙娜和卡嘉不尊敬她,怕她。这叫人不愉快。为了在她们心目中抬高自己的地位,她就说:

"在我们彼得堡,现在别墅生活正好到了高潮!我和我的丈夫都有很多熟人!应当去看一看他们才对。"

"您的丈夫好像是工程师吧?"玛丽雅·康斯坦丁诺芙娜胆怯地问道。

"我说的是拉耶甫斯基。他有很多熟人。不过可惜,他母亲是个骄傲的贵妇人,不大聪明……"

娜杰日达·费多罗芙娜没有说完就跳到水里去了;随后,玛丽雅·康斯坦丁诺芙娜和卡嘉也下水了。

"我们上流社会里有很多偏见,"娜杰日达·费多罗芙娜接着说,"生活并不像看起来那么轻松。"

玛丽雅·康斯坦丁诺芙娜在贵族家庭里做过家庭教师,对上流社会很熟悉,就说:

"是啊!信不信由您,亲爱的,加拉青斯基家里要求吃早饭和午饭的时候一定得穿戴整齐,因此我像演员似的除了领薪水以外,还领到一笔服装费呢。"

她站在娜杰日达·费多罗芙娜和卡嘉中间,仿佛要挡住娜杰日达·费多罗芙娜洗过的水流到她女儿身上去似的。有一道门面对海洋敞开着,从门口望出去,可以看见有人在离浴棚一百步开外的地方游泳。

"妈妈,这是我们的柯斯嘉!"卡嘉说。

"哎呀,哎呀!"玛丽雅·康斯坦丁诺芙娜惊慌地像母鸡般叫起来。"哎呀！柯斯嘉，"她叫道，"回来！柯斯嘉，回来啊！"

柯斯嘉是个十四岁的男孩，为了在母亲和姐姐面前显示他的勇敢，就钻进水里，往远处游去，可是他疲乏了，又连忙往回游，从他的严肃紧张的脸色可以看出他不相信自己的力量。

"这些孩子可真叫人操心啊，亲爱的！"玛丽雅·康斯坦丁诺芙娜说，放心了，"你一不小心，他就会把脖子摔断。啊，亲爱的，做个母亲，是多么愉快，同时又多么艰难啊！样样事情都要担惊受怕。"

娜杰日达·费多罗芙娜戴上草帽，游到外面海上去了。她游出四俄丈远，平躺在水面上。她看见海洋伸展到天边，看见轮船，看见海岸上的人，看见城市，所有这些，再加上炎热以及清澈而温柔的海浪，都打动她的心，仿佛在对她小声说：她应该享受生活的乐趣，应该享受生活的乐趣。……一条帆船迅速有力地劈开海浪和空气，从她身旁漂过去。一个男人坐在船舵那儿，瞧着她。她呢,看见人家瞧她,觉得很愉快。……

洗完澡以后,几个女人穿好衣服,一块儿走出来。

"我每隔一天发一次烧,可是我并没瘦下来,"娜杰日达·费多罗芙娜舔着洗过澡而带咸味的嘴唇说,向那些点头的熟人们微笑,"我素来胖,现在似乎越发胖了。"

"亲爱的,这可是天生的。像我这样天生不会发胖的人,再怎么吃也没有用。不过,亲爱的,您把您的帽子全弄湿了。"

"不要紧,它会干的。"

娜杰日达·费多罗芙娜又看见那些穿白衣服的人在堤岸上走来走去,说法国话。不知什么缘故,她的胸中又有一股欢乐在激荡,她模糊地想起一个大厅,从前她在那里面跳过舞,或者也许只是梦见在那里面跳过舞。然而,在她灵魂深处,有一个声音含混地、隐隐约约地小声告诉她说,她是个浅薄庸俗、微不足道的坏女人。……

玛丽雅·康斯坦丁诺芙娜在自己的家门口停住,邀她进去坐一坐。

"进去吧,我亲爱的!"她用恳求的声音说,同时带着忧虑和希望瞧着娜杰日达·费多罗芙娜:或许她会拒绝,不肯进去吧!

"遵命,"娜杰日达·费多罗芙娜同意说,"您知道我多么喜欢到您家里来!"

她就走进屋去。玛丽雅·康斯坦丁诺芙娜请她坐下,给她咖啡喝,要她吃甜面包,把她从前教过的学生,加拉青斯基家的小姐们的照片拿给她看,她们如今都已经出嫁了。然后她又把卡嘉和柯斯嘉的考试成绩单拿给她看,他们的成绩很好,可是她要使这些成绩显得更好一点,就叹着气抱怨说:目前在中学里念书可真是困难呀。……她极力向客人讨好,可是同时又可怜她,而且想到娜杰日达·费多罗芙娜待在这儿也许会对卡嘉和柯斯嘉在道德上发生不良影响,就不由得难过,她暗自庆幸她的尼科季木·亚历山德雷奇总算不在家。

依她的看法,所有的男人都喜欢"这样的女人",因此娜杰日达·费多罗芙娜对尼科季木·亚历山德雷奇也会产生不良的影响。

玛丽雅·康斯坦丁诺芙娜一面跟客人谈话,一面随时想起今天傍晚有野餐会,冯·柯连恳切地要求她不要对那些猕猴,也就是对拉耶甫斯基和娜杰日达·费多罗芙娜谈起这件事,可是她无意间说出了口,就涨红了脸,惊慌地说:

"我希望你们也去!"

六

大家约定坐车出城,沿着往南方去的大道走出七俄里远,在一家小饭馆附近,也就是在两条小溪——黑溪和黄溪合流的地方停下,烧鱼汤。五点多一点,他们就出发了。在带头的那辆轻便双轮马车里,坐着萨莫依连科和拉耶甫斯基。他们后面的一辆四轮马车,由三匹马拉着,上面坐着玛丽雅·康斯坦丁诺芙娜、娜杰日达·费多罗芙娜、卡嘉和柯斯嘉。他们身旁放着食品筐子和餐具。后面一辆轻便马车里坐着警察分局长基利林和年轻的阿奇米安诺夫,后者是商人阿奇米安诺夫的儿子,娜杰日达·费多罗芙娜的三百卢布债务正是欠这个商人的;他们对面的座位上坐着尼科季木·亚历山德雷奇,他身子缩成一团,两脚放到座位底下,这人身材矮小,衣服整齐,头发梳到鬓角那儿。最后一辆车上坐着冯·柯连和助祭。助祭的脚旁放着一筐子鱼。

"靠右走!"萨莫依连科每逢遇到大车或者骑驴的阿布哈兹人,就扯开嗓子大叫一声。

"过上两年,等我积下了钱,有了一批人,我就出外去做考察工作,"冯·柯连对助祭说,"我要沿着海岸从符拉迪沃斯托克①去到白令海峡,然后从白令海

---

① 即海参崴。

峡去到叶尼塞河河口。我们要绘制地图,研究动物和植物,仔细地进行地质学研究,人类学和民族学的研究。您得决定究竟跟不跟我一块儿去。"

"这不行。"助祭说。

"为什么?"

"我是个有牵挂、有家眷的人。"

"您的太太会放您去的。我们来负担她的生活费。如果您能说服她顾全大家的利益,索性去做女修士,那就更好。这样一来,您也可以凭修士司祭的身份去进行考察了。我能为您办好这件事。"

助祭沉默不语。

"您很熟悉您的神学吗?"动物学家问。

"不大熟悉。"

"哦。……在这方面我不能给您什么指点,因为我自己就不熟悉神学。您把您需要的书开一个单子,交给我,今年冬天我可以从彼得堡寄给您。您也需要读一下宗教旅行家的笔记,他们当中有优秀的民族学者和东方语言的专家。您熟悉了他们的方法,做起工作来就容易了。不过,目前您即使没有书,也不要白白地耗费光阴。您到我那儿去,我们来研究罗盘,学好气象学。这都是缺少不得的。"

"话是不错的……"助祭支吾道,笑起来,"我已经要求把我调到俄国中部去,我的叔叔是大司祭,已经答应为我疏通了。如果我跟您走,我就白白麻烦他们了。"

"我不明白您的迟疑。如果您继续做一个普通的助祭,只在节日才做工作,平时闲着没事干,那么十年以后您仍旧会跟现在一模一样,也许只添了唇髭和胡子;然而您去做考察工作呢,那么,十年以后您回来的时候,却会成为另一个人,您想到您多少做了点事,就会觉得自己充实了。"

从女人坐的那辆轻便马车上传来惊恐和快活的喊叫声。那辆马车走上一条在十分陡峭的岩岸上开出来的道路,大家都觉得这条路像是固定在一堵高墙上的长木板,她们的马车就在这块长木板上疾驰,马上就会掉进深渊似的。右边展现出海洋,左边是一堵不平整的深棕色高墙,上面布满黑色的斑点、红色的脉络、匍匐的根茎。上边那些苍郁的针叶树仿佛害怕和好奇似的,弯着树干瞧着底下。过了一分钟又传来尖叫声和笑声:原来马车要从一块隆起的大岩石下驶过去。

"见鬼,我不明白我为什么跟你们一块儿来,"拉耶甫斯基说,"多么愚蠢而庸俗!我应该去北方,跑掉,拯救我自己,可是不知什么缘故,我却坐车来参加这种愚蠢的野餐。"

"可是你看,多好的风景啊!"萨莫依连科对他说,这时候马车往左拐,黄溪流过的那道峡谷就在眼前展开了,溪水亮闪闪的,发黄,混浊,像发疯似的流动。……

"这种风景,萨沙①,我看不出有什么好,"拉耶甫

---

① 亚历山大的爱称。

斯基回答说,"老是赞叹大自然,这表示想象的贫乏。这些小溪和岩石跟我的想象所能给我的东西相比,无非是一堆破烂罢了。"

四轮马车已经在沿着溪岸行驶。两岸的高山渐渐靠拢,谷地越来越窄,前面成了一条峡谷。马车挨近石头的大山走着,山是由巨大的石块天然堆成的,石块带着可怕的力量互相挤压,因此,每逢萨莫依连科瞧见它们,总会不由自主地发出哼哼声。阴沉而美丽的山有的地方让裂口和峡谷切断,从那儿往坐车的人们这边吹来一股潮气和神秘的气息。从峡谷望出去,可以看见另外一些山,有深棕色的,有粉红色的,有淡紫色的,有烟色的,有浸在明亮的阳光里的。旅客们路过那些峡谷,可以听见不知什么地方有水落下来、溅在石头上的声音。

"哎,该死的山,"拉耶甫斯基叹道,"我多么讨厌它们!"

在黑溪流进黄溪,像墨水那么黑的溪水染污黄水,跟黄水搏斗的地方,在大道旁边,有着一家鞑靼人凯尔巴莱开的小饭馆,房顶上飘着俄国的旗子,挂着一块用粉笔写的招牌:"快活饭馆"。饭馆附近有个小园子,围着一道篱墙,放着几张桌椅,独一无二的一棵柏树挺立在一个可怜巴巴的、带刺的灌木林里,显得又美又黑。

凯尔巴莱是一个矮小而灵活的鞑靼人,穿一件蓝色衬衫,系一条白色围裙,站在大道当中,迎着马车,捧着肚子,深深地鞠躬,微笑着,露出又白又亮的牙齿。

"你好,凯尔巴莱!"萨莫依连科对他叫道,"我们再往前走一点,你把茶炊和椅子送到那边去!快!"

凯尔巴莱点着头发剪短的脑袋,嘴里念念叨叨,只有坐在最后一辆马车上的人才听得清他的话:"我们有鲑鱼,大人。"

"送来,送来!"冯·柯连对他喊道。

马车驶到离小饭馆大约五百步远,停了下来。萨莫依连科选了一块不大的草地,上面有石头,坐着很方便,还有一棵被暴风雨掀倒的树,毛茸茸的树根已经拔出地来,树上有些枯黄的针叶。这儿的小溪上架着一道通到对岸的单薄的木桥。对岸有一个木板棚,用四个不高的木桩支着,供晾干玉米用,使人联想到童话里那个用鸡腿架着的小木房。板棚门口有一道小楼梯通到地面。

大家头一个印象是,仿佛再也走不出这个地方了。不管往哪儿望,四面八方都是重叠的大山,围得很紧。从小饭馆和黑色的柏树那边,黄昏的阴影溜过来了,很快很快。于是黑溪的狭长弯曲的山谷就越发狭窄,山也越发高陡。人们可以听见溪水潺潺地响,知了一刻也不停地叫。

"太好了!"玛丽雅·康斯坦丁诺芙娜说,兴奋得不住地深深叹息,"孩子们,瞧,这多好!多么安静啊!"

"是啊,这儿真是好。"拉耶甫斯基同意说。他喜欢这一带的风景,他抬头看一眼天空,然后看一眼小饭馆烟囱里冒出来的蓝烟,不知什么缘故突然忧郁起来。"是的,很好!"他又说一遍。

"伊凡·安德烈伊奇,您把这儿的风景描写一下吧!"玛丽雅·康斯坦丁诺芙娜含泪说道。

"何必呢?"拉耶甫斯基问,"印象比任何描写都好。每个人通过印象得来大自然的色彩和声音的宝藏,一到作家的笔下,就变得不成样子,面目全非了。"

"是这样吗?"冯·柯连冷冷地问道。他已经在河边选好一块大石头,正在用力爬上去,想坐下来。"是这样吗?"他又问一遍,直勾勾地瞧着拉耶甫斯基,"那么《罗密欧与朱丽叶》①呢? 比方说,普希金笔下的乌克兰夜晚②呢? 大自然应当拜倒在它们的脚下才对。"

"也许吧……"拉耶甫斯基同意说,他懒得再思考和反驳了。"然而,"过了一会儿,他说,"实际上《罗密欧与朱丽叶》是什么东西呢? 那种美丽的、富于诗意

---

① 英国剧作家莎士比亚的一个悲剧。
② 指普希金的长诗《波尔塔瓦》的第二章。——俄文本编者注

的、神圣的爱情是人们打算用来掩盖腐败的东西的玫瑰花。罗密欧也是动物,跟一切人一样。"

"不管跟您谈什么,您总是把它归结到……"

冯·柯连回头看一眼卡嘉,没有再说下去。

"归结到哪儿去呢?"拉耶甫斯基问。

"比方人家对您说:'这串葡萄多么美啊!'您却说:'是的,不过等到它吃进嘴里,在人胃里消化以后,就不成样子了。'何必说这种话呢?这并不新奇,而且……这完全是怪脾气。"

拉耶甫斯基知道冯·柯连不喜欢他,因此他怕冯·柯连。有这个人在场,他总觉得大家都感到拘束,觉得身后好像站着个什么人似的。他什么话也没回答,走到一边去,后悔自己不该到这儿来。

"诸位先生,去拾些枯枝来生篝火!"萨莫依连科命令道。

大家就分头去拾,这儿只剩下基利林、阿奇米安诺夫、尼科季木·亚历山德雷奇没走。凯尔巴莱送来椅子,在地上铺一块地毯,放上几瓶葡萄酒。警察分局长基利林是个高大魁伟的男子,不管什么天气,总在制服外面穿一件军大衣,他那高傲的气派、威严的步态、有点嘶哑的低沉有力的嗓音,都使他很像内地年轻的警察局长。他表情忧郁,带着睡意,好像刚才有人违背他的意愿把他叫醒了似的。

"你为什么送这东西来,畜生?"他问凯尔巴莱说,慢腾腾地吐出每一个字,"我本来吩咐你把克瓦列利①送来,可是你送来的是什么,你这鞑靼丑八怪?啊?什么?"

"我们有很多自己的葡萄酒,叶果尔·阿历克塞伊奇②。"尼科季木·亚历山德雷奇胆怯而客气地说。

"什么?不过我希望这儿也有我的酒。我既参加野餐,就认为我有充分的权利把我的酒也拿来。我认

---

① 一种葡萄酒。
② 基利林的名字和父名,但是这个中篇的另一处,基利林的名字和父名却为伊里亚·米海雷奇。

为是这样！你给我拿十瓶克瓦列利来！"

"何必要这么多呢？"尼科季木·亚历山德雷奇惊讶地说，他知道基利林没有钱。

"拿二十瓶来！拿三十瓶！"基利林喊道。

"没关系，随他去要，"阿奇米安诺夫小声对尼科季木·亚历山德雷奇说，"反正由我来付钱就是。"

娜杰日达·费多罗芙娜怀着欢乐的、渴望嬉闹的心情。她想蹦蹦跳跳，哈哈大笑，大声嚷叫，耍弄别人，对人卖弄风情。她身上穿一条价钱便宜的、上面印着浅蓝色小花的布连衣裙，脚上是一双红色小便鞋，头上仍然戴着草帽。她觉得自己娇小、朴素、灵活、轻盈，好比一只蝴蝶。她跑上那道单薄的木桥，对着河水看一分钟，为的是看得脑袋发晕，然后尖叫一声，笑着跑到对岸晾玉米的棚子那儿，她觉得所有的男人，连凯尔巴莱在内，都爱慕她。天色很快地黑下来，树木和山脉连成一片，马和马车混在一起分不清楚，小饭馆的窗子里闪着灯火，这时候她却顺着在乱石和荆棘丛中蜿蜒而上的一条小路爬到山顶上,在石头上坐下。下面已经燃起一堆篝火。在篝火旁边,助祭卷起袖子,走来走去,他那细长的黑影在篝火四周像一条半径似的移动。他往火里添枯枝,用一个拴着长木棍的汤瓢搅动锅里的东西。萨莫依连科脸孔带着红铜色,在火旁边忙忙碌碌,如同在自己家的厨房里一样。他气冲冲地喊道:

"诸位先生,盐在哪儿?别是忘记带来了?为什么你们像地主似的坐在那儿纳福,光让我一个人忙?"

拉耶甫斯基和尼科季木·亚历山德雷奇并排坐在一棵倒在地下的树干上,瞧着火光呆呆地出神。玛丽雅·康斯坦丁诺芙娜、卡嘉、柯斯嘉正从筐子里取出茶具和盘子。冯·柯连紧靠着河岸站着,两条胳膊交叉在胸前,一只脚踩在石头上,正在思索。篝火的红光点和阴影一起在地面上黑黝黝的人身附近移动,在山上、树木上、桥上、玉米棚上颤抖,对岸陡峭而坎坷不平的岸坡全给照亮,映在河水里,闪闪摇摇,湍急而汹涌的河水却把映影撕成一块块碎片。

决 斗 集

助祭走去取鱼,这时候凯尔巴莱正在岸边收拾和洗净那些鱼;可是助祭走到半路上却停住脚,看一眼周围。

"我的上帝,多么好啊!"他暗想,"人啦,石头啦,黑暗啦,奇形怪状的树啦,此外什么也没有,可是这多么好啊!"

对岸玉米棚旁边,出现一些陌生人。由于火光闪烁,篝火的浓烟飘到对岸,谁都不能一下子看清那些人,只能零零碎碎,一会儿看见一顶毛茸茸的帽子和一把白胡子,一会儿看见一件蓝色的衬衫,一会儿看见一件从肩膀到膝头破破烂烂的衣服和一把斜挂在肚子上的短刀,一会儿看见一张年轻而发黑的脸庞以及两道墨黑的眉毛,黑得那么刺目,好像是用黑炭画出来的。他们有五个人在地上坐着,围成圆圈,另外有五个人走进玉米棚里去了。有一个站在门口,背对着篝火,倒背着手,在讲一件什么事,而且一定是很有趣的事,因为等到萨莫依连科加上几根枯枝,篝火旺起来,爆出火星,明晃晃地照亮玉米棚,人就可以看见门里露出两张脸以及集中注意力的平静表情,还可以看见那些围成圆圈席地而坐的人回过头去,专心倾听那个故事。过了一会儿,那些坐成一圈的人轻声唱起一支声调悦耳的歌,拖着长音,类似大斋期间教堂里的歌。……助祭听着他们的歌声,想象十年以后他考察归来会是什么样子:他是一位修士司祭又是传教士,成为有名望和有光荣经历的著作家。他会升为修士大司祭,后来又升为主教。他会在大教堂里主持日祷,头上戴着金冠,胸前佩戴饰有宝石的圣母小像,举起双枝烛台和三枝烛台为民众祝福,高声念道:"上帝啊,从天上往下看吧,到你亲手栽培的葡萄园里来吧。"孩子们就用天使般的声音应和着唱道:"神圣的上帝啊……"

"助祭,鱼在哪儿啊?"传来萨莫依连科的声音。

助祭回到篝火那儿,想象七月里一个炎热的日子,一个宗教行列怎样顺着尘土飞扬的大道走着,前头有农民撑起神幡,有村妇和姑娘举着神像,后面是唱诗的男孩和包着脸颊、头发里夹着干草的诵经士,再后,依照顺序,就是他助祭,随后是戴着僧帽、拿着十字架的神甫,殿后的是一群农民、村妇、男孩,他们脚下扬起一片尘土。神甫和助祭的妻子戴着头巾,也夹在人群里。歌手们唱诗,小孩子啼哭,鹌鹑鸣叫,云雀歌唱。……后来他们站住,给一群牲口洒圣水。……他们又往前走,随后跪下来求雨。后来大家吃冷荤菜,谈话。……

"这样倒也挺好……"助祭暗想。

七

基利林和阿奇米安诺夫顺着一条小路爬上山。阿奇米安诺夫留在后面,站住了。基利林却一直走到娜杰日达·费多罗芙娜跟前。

"傍晚好!"他说着,把手举到帽檐那儿。

"傍晚好。"

"是啊!"基利林说,瞧着天空,沉思着。

"什么'是啊'?"娜杰日达·费多罗芙娜沉默片刻,问道,发现阿奇米安诺夫在监视他们两人。

"是这样的,"警官慢腾腾地说,"我们的爱情,可以说是,还没来得及开花就枯萎了。您要我怎样理解这件事呢?这究竟是您那方面与众不同的一种卖弄风情呢,还是您认为我是个可以任人摆布的蠢货?"

"过去的事本来就是个错误!别烦我!"娜杰日达·费多罗芙娜尖锐地说,在这个美妙的黄昏带着恐惧瞧着他,困惑不解地问自己:难道以前真的有过那么一段时期,这个人打动她的心,跟她亲近过吗?

"原来是这样!"基利林说。他默默地站了一会儿,想了想,说:"好吧。等日后您心情好的时候我们再谈吧,不过眼前我要对您提出保证,我是个正人君子,在这方面我不容许任何人加以怀疑。耍弄我可不行!再见①!"

---

① 原文为法语。

他把手举到帽檐那儿行了个礼,就钻进一旁的灌木丛中去了。过了一会儿,阿奇米安诺夫迟疑不决地走过来。

"今天这个黄昏真好!"他说,微微带点亚美尼亚口音。

他长得挺好看,穿得很时髦,举止大方,就跟受过良好教育的青年一样。可是娜杰日达·费多罗芙娜不喜欢他,因为她欠他父亲三百卢布。她想到连商店老板也给约来参加野餐,就心里不痛快。他正好在这个黄昏,她心灵十分纯洁的时候到她身边来,她也觉得不痛快。

"大体说来,这次野餐办得很成功。"他沉默一会儿以后说。

"是的。"她同意说。然后,她仿佛刚刚想起她的债务似的,随随便便地说:"对了,请您对你们店里的人说,过几天伊凡·安德烈伊奇就会到你们店里去,还清那三百卢布或者……我记不清数目究竟是多少了。"

"我情愿再拿出三百卢布,只求您不再每天都提这笔债就行。何必谈这种无聊的事呢?"

娜杰日达·费多罗芙娜笑起来。她的脑子里猛地生出一种可笑的想法:只要她不顾廉耻,只要她乐意,那么不出一分钟,她就能摆脱她的债务。比方说,只要把这个年轻漂亮的小傻瓜弄得昏头昏脑就行!说真的,那会多么可笑、荒唐、出奇啊!她忽然想要搞得他爱上她,要抢光他的钱,丢开他,然后再看看结果会怎么样。

"请容许我给您进一个忠告,"阿奇米安诺夫胆怯地说,"我请求您要提防基利林。他到处说您的坏话,难听极了。"

"那种蠢货说我什么坏话,我才不高兴去理会呢。"娜杰日达·费多罗芙娜冷冷地说,心里感到不安,原先打算耍弄年轻漂亮的阿奇米安诺夫的可笑想法忽然失去了魅力。

决 斗 集

"我们该下去了,"她说,"他们在叫我们。"

下面,鱼汤已经烧好。大家把鱼汤盛在盘子里喝着,现出只有野餐的时候才会有的那种一本正经的神情。大家都认为他们在家里从没喝过这样鲜美可口的鱼汤。如同野餐的时候常常出现的那种情形,在一堆餐巾、纸包、没有用处而被风吹动的油纸当中,谁也不知道自己的酒杯或者面包放在哪儿了。他们不小心把酒洒到毯子上、自己的膝头上,把盐撒得满地。这时候四周昏暗,篝火不再烧得那么旺,可是人人都懒得站起来,去添一把枯枝。大家都喝葡萄酒,也给柯斯嘉和卡嘉每人倒了半杯。娜杰日达·费多罗芙娜喝下一杯酒,然后又喝一杯,有了醉意,忘掉基利林的事了。

"丰美的野餐啊,迷人的傍晚,"拉耶甫斯基说,由于喝了酒而快活起来,"不过我仍旧认为优美的冬天比这好。'他的海狸皮衣领蒙着浓霜而变得银白'①。"

---

① 引自普希金的《叶甫盖尼·奥涅金》。

"各有所好。"冯·柯连说。

拉耶甫斯基觉得不自在了:虽然他的背上吹来篝火的热气,他的胸部和脸上却射来冯·柯连憎恨的目光。这个正派而聪明的人多半有充分的理由憎恨拉耶甫斯基,这就使他感到委屈、气馁了。他没有力量抵抗这种憎恨,就用讨好的口吻说:

"我热爱大自然,我惋惜我不是自然科学家。我羡慕您。"

"不过,我却不羡慕,也不惋惜,"娜杰日达·费多罗芙娜说,"我不明白:在人民受苦的时候,人怎么能认真地去研究小甲虫和小瓢虫。"

拉耶甫斯基跟她的意见相同。他完全不懂自然科学,因此永远也听不惯那些研究蚂蚁触角和蟑螂小爪子的人的权威口气,更看不惯他们那种学问渊博、思想高深的气派。他老是暗自气恼,因为这些人居然根据触角、小爪子和一种什么原生质(他不知什么缘故总是把它想象成牡蛎的样子)就来着手解决人类起源和

人类生命之类的问题。然而他在娜杰日达·费多罗芙娜的话里听出虚伪,于是纯粹为了反驳她而说道:

"问题不在于小瓢虫,而在于由此得出的结论!"

八

直到很晚,将近十一点钟,大家才开始坐上马车,预备回家。所有的人都已经坐好,只缺娜杰日达·费多罗芙娜和阿奇米安诺夫,他们两个人正在对岸一前一后地追逐,扬声大笑。

"诸位,快点吧!"萨莫依连科对他们喊道。

"你不应该给太太们喝酒。"冯·柯连轻声说。

拉耶甫斯基已经给野餐、冯·柯连的憎恨、自己的思想弄得十分疲乏,这时候迎着娜杰日达·费多罗芙娜走去。等到她兴高采烈,欢欢喜喜,觉得自己像羽毛那么轻盈,喘吁吁,笑哈哈,抓住他的两条胳膊,把头贴到他的胸口上,他却退后一步,厉声说道:

"你这种样子活像……娼妇。"

这句话说得十分粗鲁,连他自己都觉得可怜她了。她在他气愤疲倦的脸上看出憎恨、怜悯、对他自己的气恼,就顿时泄了气。她明白她做得过火,举动过于放肆了,于是她心里难过,感到自己变得沉重、肥胖、粗野、醺醉了,一瞧见空马车就跟阿奇米安诺夫一块儿坐上去。拉耶甫斯基跟基利林同坐一辆马车,动物学家跟萨莫依连科同车,助祭跟女人们同车,这个马车队就动身了。

"瞧,他们,这些猕猴,就是这个样子……"冯·柯连开口说,把身上的外套裹一裹紧,闭上眼睛,"你刚才听见了:她不愿意研究小甲虫和小瓢虫,因为人民在受苦。所有的猕猴都这样批评我们这班人。他们是一个奴性十足的、狡猾的种族,足足有十代给鞭子和拳头吓坏了。他们战战兢兢,扭扭捏捏,只有见着暴力才磕头;可是,一旦把这种猕猴放到自由自在的地方,没有人来揪他们的脖领,他们就放肆起来,任性胡闹。你瞧吧,他们到了画展上,博物馆里,戏院中,或者评论科学的当口,变得多么勇敢呀,张牙舞爪,慷慨激昂,破口大骂,任意批评。……他们是非批评不可的,这就是奴性的特征!你听我说,干自由职业的人反而比骗子更常挨骂,这是因为社会上有四分之三的人都是奴隶,都是那样的猕猴。绝不会有一个奴隶对你伸出手来,由于你在工作而诚恳地向你道一声谢。"

"我不知道你要怎么样!"萨莫依连科打着哈欠说,"那个可怜的女人性情直爽,想跟你谈一谈学问上的问题,你却从中得出了结论。你对他,不知怎的生了气,如今又生她的气,就因为她跟他一块儿过活。不过,她倒是个挺好的女人呢!"

"哎,得了吧!一个平平常常的姘妇罢了,又放荡又庸俗。你听我说,亚历山大·达维狄奇,如果你碰见一个普通的村妇,不跟丈夫住在一块儿,什么事也不做,光是嘻嘻哈哈,你就会对她说:去干活。那么在眼前这种情形下,为什么你就胆怯起来,不敢说实话呢?

就因为娜杰日达·费多罗芙娜不是跟一个水手而是跟一个文官私奔吗?"

"那要我拿她怎么样呢?"萨莫依连科生气地说,"要我打她一顿还是怎么的?"

"不要姑息养奸。我们总是背地里咒骂恶事,这就像把手藏在口袋里朝恶人做轻蔑的手势。我是动物学家,或者是社会学家……反正这都是一样。你呢,是医生。社会信任我们。我们有责任对社会指出,像娜杰日达·伊凡诺芙娜之类的太太们的存在对社会以及下一代会有多么可怕的害处。"

"不是伊凡诺芙娜,而是费多罗芙娜,"萨莫依连科纠正道,"那么社会应该怎么办呢?"

"社会?那是它的事。依我看来最直截了当的正确办法就是强制。应当用军事力量①,把她送到她丈夫那儿去,要是她丈夫不肯收留,就把她送去做苦工,

---

① 原文为法语。

或者送到改造机关之类的地方去。"

"嘿!"萨莫依连科叹口气说。他沉默了一会儿,小声问道:"前几天你说,对拉耶甫斯基那样的人,应该消灭。……那你告诉我:要是那个……假定说,政府或者社会委托你去消灭他,那你……你下得了手吗?"

"我的手不会发抖。"

九

拉耶甫斯基和娜杰日达·费多罗芙娜回到家,走进他们那些漆黑、闷热、乏味的房间。他们两人沉默不语。拉耶甫斯基点起蜡烛。娜杰日达·费多罗芙娜坐下来,没有脱掉大衣和帽子,抬起悲伤、负疚的眼睛瞧着他。

他明白她在等他解释,然而解释是乏味、无益而且劳神的。他心头沉重,因为他忍不住气,对她说了难听的话。无意间他在口袋里摸到一封他每天都打算念给她听的信,心想要是现在把这封信拿给她看,那就可以把她的注意力引到别的方面去了。

"现在到了明确关系的时候了,"他暗想,"给她看就是。要发生的事总归要发生的。"

他取出信来拿给她。

"你看一看吧。这封信跟你有关。"

说完这话,他就走回他的书房,摸着黑在长沙发上躺下,脑袋底下没有放枕头。娜杰日达·费多罗芙娜看完那封信,觉得好像天花板塌下地,四面墙壁向她挤拢来似的。房间里突然变得狭窄、黑暗、可怕了。她很快地在胸前画三回十字,嘴里说:

"让他安息吧,上帝。……让他安息吧,上帝。……"

她哭了。

"万尼亚!"她叫道,"伊凡·安德烈伊奇!"

回答的声音却没有。她以为拉耶甫斯基来了,正站在她椅子旁边,她就像孩子那样呜呜地哭着,说:

"为什么你早不告诉我说他死了呢?那我就不会去参加野餐,也不会笑得那么响了。……有些男人对我说了些庸俗无聊的话。好大的罪恶,好大的罪恶呀!救救我,万尼亚,救救我吧。……我昏了头。……我完了。……"

拉耶甫斯基听着她的哭声。他憋得受不了,心猛烈地跳动。他满腔愁闷,站起身来,在房间中央站了一会儿,摸着黑,找到桌旁那把椅子,坐下来。

"这是监狱……"他暗想,"我得走。……我受不了。……"

出去打牌已经太迟。城里也没有饭馆可去。他就又坐下来,捂上耳朵,免得听见哭声。他忽然想起可以到萨莫依连科家去。他不想在娜杰日达·费多罗芙娜身边走过,就爬出窗子,钻进小花园,跨过栅栏,来到街上。天色很黑。有一条轮船刚刚到达此地,从船上的灯火来看,那是一条大客轮。……抛锚声轰轰地响起来。有个红色的灯火从海岸这边很快地往轮船那边移动,那是海关的木船。

"旅客都在客舱里睡熟了……"拉耶甫斯基暗想,不禁羡慕别人的安宁。

萨莫依连科那所房子里的几扇窗子敞开着。拉耶甫斯基在一个窗口往里看一眼,然后在另一个窗口看一眼,房间里黑魆魆、静悄悄的。

"亚历山大·达维狄奇,你睡了吗?"他招呼道,"亚历山大·达维狄奇!"

房间里响起咳嗽声和不安的喊叫声:

"是谁?捣什么乱?"

"是我,亚历山大·达维狄奇。对不起。"

过了一会儿,房门打开了,长明灯柔和的亮光闪了一下,魁伟的萨莫依连科就出现了,他穿一身白衣服,戴着白色尖顶帽。

"你有什么事?"他问,半睡半醒,一边搔痒,一边喘着粗气,"等一等,我马上去开大门。"

"不必费事,我从窗子里爬进来好了。……"

拉耶甫斯基钻进小小的窗口,走到萨莫依连科跟前,抓住他的手。

"亚历山大·达维狄奇,"他用发抖的声音说,"救救我吧!我求求你,我央告你,你要了解我才好!我的处境苦极了。要是这种局面再延续哪怕一两天,我也要把自己勒死,像勒死……狗那样!"

"慢着。……你说的到底是什么事啊?"

"你点上蜡烛吧。"

"唉,唉……"萨莫依连科叹口气说,点上一支蜡烛,"我的上帝,我的上帝啊。……现在已经一点多钟了,老兄。"

"对不起,我在家里待不住了,"拉耶甫斯基说,他看到烛光,又有萨莫依连科在场,觉得轻松多了,"你,亚历山大·达维狄奇,是我唯一的好朋友。……我所有的希望都寄托在你身上了。你愿意也好,不愿意也好,求你看在上帝分上救救我。无论如何我得离开此地。借点钱给我吧!"

"唉,我的上帝,我的上帝啊!……"萨莫依连科说,叹口气,搔搔自己的身子,"我刚要睡着,就听到汽笛声,一条轮船来了,然后你又来了。……你要很多钱吗?"

"至少三百卢布。我得给她留下一百,我拿两百上路。……我已经欠你四百左右,不过我都会给你汇来的……都会汇来的。……"

萨莫依连科用一只手抓住自己脸颊两边的络腮胡子,撇开两条腿,沉思起来。

"哦……"他沉思地喃喃说道,"三百。……唔……可是我没有那么多。这得向别人借才成。"

"去借吧,看在上帝分上!"拉耶甫斯基说,从萨莫依连科脸上看出他肯借给他钱,而且一定肯借,"去借吧,我一定会还的。我一到彼得堡就给你汇钱来。这你尽管放心。哎,萨沙,"他说,快活起来了,"我们来喝点酒吧!"

"好。……喝酒就喝酒。"

他们两人走进饭厅。

"可是娜杰日达·费多罗芙娜怎么办呢?"萨莫依连科问,在桌上放下三瓶酒和一盘桃子,"莫非她留在这儿?"

"我会把一切都安排好的,我会把一切都安排好的……"拉耶甫斯基说着,感到心中突然涌上一股欢乐,"我以后会给她汇钱来,她可以去找我。……这样我们就可以明确我们之间的关系了。为你的健康干一杯,朋友。"

"慢着!"萨莫依连科说,"你先喝这酒。……这是我的葡萄园里酿出来的。这一瓶是纳瓦利泽葡萄园的,这一瓶是阿哈图洛夫葡萄园的。……你尝一尝这三种酒,再老老实实对我说一下你的意见。……我那瓶好像带点酸味吧?啊?没尝出来?"

"是的。你给了我安慰,亚历山大·达维狄奇。谢谢你。……我又成活人了。"

"是有点酸味吗?"

"鬼才知道,我尝不出来。不过你真是个宽宏大量的大好人!"

萨莫依连科瞧着他那苍白、激动、善良的脸,想起冯·柯连的看法,认为像他这样的人应该消灭;于是萨莫依连科就觉得,拉耶甫斯基好像成了人人都可以欺凌和消灭的、无力自卫的小娃娃了。

"你回去以后,跟你母亲和解吧,"他说,"现在这样是不好的。"

"对,对,我一定要跟她和解。"

他们沉默了一会儿。等到头一瓶酒喝完,萨莫依连科说:

"你跟冯·柯连也该讲和才是。你们俩都是极其优秀和聪明的人,可是你们俩却彼此敌视。"

"是的,他是个极优秀极聪明的人,"拉耶甫斯基同意道,眼前他愿意赞美和原谅一切人,"他是个了不起的人,然而要我和他相好却办不到。不行!我们的性格差得太远了。我性格软弱,无力,随和。我到适当的时候,也许会对他伸出手去,不过他一定会抱着轻蔑的态度……背过脸去不理我。"

拉耶甫斯基喝下一口酒,从这个墙角走到那个墙角,然后在房中央站住,接着说:

"我十分了解冯·柯连。这人性格坚定,有力,专横。你听见他不断提到远方考察,这并不是空话。他需要沙漠和月夜;在露天底下,在四周的帐篷里,睡着他那些挨饿的、有病的哥萨克、向导、搬运工人、医生、教士,由于长途跋涉而筋疲力尽,只有他一个人没睡觉,像斯坦利①那样坐在一把折椅上,感到自己是沙漠的皇帝,是这些人的主宰。他走啊,走啊,不住地往前走,他手下的人呻吟着,一个个死去,而他却仍旧一个劲儿地往前走,结果他自己也死了,不过仍旧是沙漠的暴君和皇帝,因为他坟墓上的十字架在三四十英里以外就能让运货的商队看见,统治着这片沙漠。我惋惜

---

① 斯坦利(1841—1904),英国殖民者、探险家。

这个人没有到军队去服役。他会成为出色的、天才的统帅呢。他能使他的骑兵淹死在河里,用他们的尸首搭成桥,在战争中这样的勇敢比任何筑城工事和战术都更需要。啊,我十分了解他!你说,他为什么跑到这儿来闲住?他有什么必要待在此地呢?"

"他在研究海洋里的动物。"

"不对,不对,老兄,不对!"拉耶甫斯基说,叹一口气,"在轮船上有一个研究科学的旅客对我讲过,黑海里的动物是贫乏的,海水深处有大量硫化氢,因此有机体不能生存。一切严肃的动物学家都在那不勒斯①或者维勒弗朗什②的生物所里工作。可是冯·柯连有独立精神,为人固执,正因为没有人在黑海这儿工作,他才偏要在这儿工作。他跟大学决裂,不愿意跟学者和同事来往,因为他首先是暴君,其次才是动物学家。你瞧着就是,他日后会大有成就的。就连现在他也已经

---

① 意大利地名。
② 原文为法语,法国地名。

在幻想:日后等他考察归来,他要扫除我们大学里的倾轧风气和庸碌之辈,把那些学者管束得俯首帖耳。专制主义,在科学界也跟在战争中一样厉害。他住在这个臭烘烘的小城里,已经是第二个夏天了,因为他宁可在乡村里坐头一把交椅,也不愿意在城里坐第二把交椅。他在这儿是国王和山鹰。他降伏所有的居民,凭他的权威压倒他们。他把所有的人都抓在手心里,干预别人的事情,什么都管,人人都怕他。我正从他的爪子底下溜走,这他感觉到了,因此恨我。他对你说过应该消灭我,或者把我送去做苦工吧?"

"说过。"萨莫依连科说,笑起来。

拉耶甫斯基也笑起来,喝下一点酒。

"他的理想也是专横的,"他笑着说,吃起桃子来,"一般人如果为公共的利益工作,那他心里所想的就是他周围的人,就是你和我,一句话,普通人。可是对冯·柯连来说,人是小狗,是毫无价值的东西,渺小得不配成为他的生活目标。他工作,出外考察,在那边送掉命，都不是出于他对人们的爱，而是出于抽象观念，例如人道主义、后代、理想的人种等。他致力于人种的改善，在这方面我们对他来说只不过是些奴隶、炮灰、驮载的牲口罢了。他要把一些人消灭，或者流放出去做苦工，把另一些人严加管束，像阿拉克切耶夫那样硬逼人们随着鼓声起床和睡觉，派太监来监督我们的贞节和道德，凡是超出我们狭隘而保守的道德范围的人，一概下令枪决，而所有这些都是为了人种的改善。……那么人种是什么东西呢？幻觉、海市蜃楼。……暴君永远是幻想家。我，老兄，十分了解他。我尊重他，不否定他的重要性。这个世界依靠他那样的人才能维持下来；如果把这个世界完全交托给我们，那么尽管我们心地善良，满腔善意，我们也还是会把这个世界弄得一团糟，好比苍蝇把那张画片弄得一团糟一样。事情就是如此。"

拉耶甫斯基挨着萨莫依连科坐下，带着真诚的热情说：

"我是个浅薄的、无聊的、堕落的人!我吸的空气、这葡萄酒、爱情,一句话,我的生活,到现在为止,是以虚伪、懒散、懦弱为代价换来的。到现在为止,我一直欺骗别人和自己,我为此痛苦,然而我的痛苦却是廉价而庸俗的。我在冯·柯连的憎恨面前,胆怯地弯下了腰,因为有时候,我连自己也憎恨自己,看不起自己。"

拉耶甫斯基又激动地从这个墙角走到那个墙角,说道:

"我高兴,因为我知道自己的缺点,意识到这些缺点了。这会帮助我复活,变成另一个人。我的好朋友,但愿你知道我多么热烈,多么如饥似渴地盼望我自己重新做人。我向你发誓,我会成为一个真正的人!我会的!这究竟是葡萄酒在我身上起了作用呢,还是事实真是这样,我不知道,然而我觉得好像很久没有经历过像此刻跟你在一块儿这样清醒而纯洁的时光了。"

"老兄,现在该睡了……"萨莫依连科说。

"对,对。……对不起。我马上就走。"

拉耶甫斯基在家具和窗台那儿转来转去,找他的帽子。

"谢谢你……"他喃喃地说,叹一口气,"谢谢你。亲切的好心话比施舍强。你又使我活得有生气了。"

他找到帽子,站定下来,惭愧地瞧着萨莫依连科。

"亚历山大·达维狄奇!"他用恳求的声调说。

"什么事?"

"好朋友,让我在你这儿过夜吧!"

"欢迎。……那又何尝不可?"

拉耶甫斯基就在长沙发上躺下,又跟医生谈了很久。

十

野餐以后过了大约三天,出人意料,玛丽雅·康斯坦丁诺芙娜到娜杰日达·费多罗芙娜家里来了。她没

打招呼,也没脱帽子,一把抓住娜杰日达·费多罗芙娜的两只手,把它们按在自己的胸口上,非常激动地说:

"我亲爱的,我又是兴奋,又是震动。昨天我们那可爱可亲的大夫告诉我的尼科季木·亚历山德雷奇,说您的丈夫已经去世了。告诉我,亲爱的……这是真的吗?"

"对,这是真的,他死了。"娜杰日达·费多罗芙娜回答说。

"这真可怕,可怕呀,亲爱的!不过,俗语说得好,因祸得福。您的丈夫多半是个很好的、出色的、神圣的人,这样的人在天上比在人间更需要哩。"

玛丽雅·康斯坦丁诺芙娜脸上的每条纹路和每个毛孔都在颤抖,好像皮肤底下有许多细小的针在跳动似的。她露出十分妩媚的笑容,喘着气,热情洋溢地说:

"这样一来,您自由了,亲爱的。您现在可以高高地昂起头,放心大胆地正眼看人了。从今以后,上帝和人都要为您和伊凡·安德烈伊奇的结合祝福。这太好了。我高兴得浑身发抖,不知道该说什么好。亲爱的,我来给你们办喜事。……我和尼科季木·亚历山德雷奇都十分喜欢你们,请允许我们为你们的合法的纯洁结合祝福。什么时候,什么时候你们打算举行婚礼呢?"

"我没有想过这件事。"娜杰日达·费多罗芙娜说,缩回自己的手。

"这不可能,亲爱的。您想过了,想过了!"

"真的,我没想过,"娜杰日达·费多罗芙娜说,笑起来,"我们何必举行婚礼呢?我看不出这有什么必要。我们原来怎样生活就怎样生活好了。"

"您在说什么呀!"玛丽雅·康斯坦丁诺芙娜大吃一惊地说,"上帝,您在说什么呀!"

"我们举行婚礼,事情不会变得更好一点。刚好相反,事情甚至会变糟。我们就会失去我们的自由了。"

"亲爱的！亲爱的,您在说什么呀!"玛丽雅·康斯坦丁诺芙娜叫道,往后倒退,把两只手一拍,"您真古怪！您清醒一下吧！您该安分才是!"

"什么叫安分呢？我还没有好好生活过,您却要我安分!"

娜杰日达·费多罗芙娜想起自己确实还没好好生活过。她在贵族女子中学毕业后,嫁给一个她并不爱的男人,后来跟拉耶甫斯基同居,一直跟他一块儿住在这个荒凉乏味的海岸上,巴望日子会好起来。难道这就是生活？

"不过举行婚礼也是应当的……"她暗想,然而她想起基利林和阿奇米安诺夫,就脸红了,说：

"不,这不行。哪怕伊凡·安德烈伊奇跪在我面前要求我举行婚礼,我也要拒绝。"

玛丽雅·康斯坦丁诺芙娜在长沙发上呆坐了一分钟,神情悲伤而严肃,瞧着一个地方出神,然后站起来,冷冷地说：

"再见,亲爱的!对不起,我打搅您了。但是有一句话我不便说,可是又不得不对您说:从今天起我们之间的关系一刀两断,尽管我深深地尊敬伊凡·安德烈伊奇,我家里的门对你们来说却关上了。"

她说这话的时候气度庄严,连她自己也给她的庄严口吻镇住了,她的脸又颤抖起来,现出柔和的、妩媚的神情,她向惊骇而狼狈的娜杰日达·费多罗芙娜伸出两只手,用恳求的声调说:

"我亲爱的,请允许我做您的母亲或者姐姐,哪怕只做一分钟也好!我要像母亲似的跟您开诚布公地谈一谈。"

娜杰日达·费多罗芙娜感到胸中激荡着温暖、欢乐、对自己的怜惜,好像她的母亲真的活过来,在她面前站着似的。她猛地搂住玛丽雅·康斯坦丁诺芙娜,把脸偎在她的肩膀上。两个人都哭起来。她们在长沙发上坐下,呜咽了几分钟,彼此谁也没看谁,一句话也说不出来。

决 斗 集

"亲爱的,我的孩子,"玛丽雅·康斯坦丁诺芙娜开口说,"我不怕您难过,要对您说些不入耳的实话。"

"看在上帝分上,看在上帝分上,说吧!"

"您要信任我,亲爱的。您回想一下,在本地的太太们当中只有我一个人跟你们来往。你们从头一天起就吓坏我了,可是我又不忍心像别人那样鄙视你们。我为善良可爱的伊凡·安德烈伊奇难过,就跟为我的儿子难过一样。一个年轻人,在异乡作客,缺乏经验,软弱,没有母亲,我好难过,好难过呀。……我丈夫不肯跟他来往,可是我劝他……把他说服了。……我们就开始接待伊凡·安德烈伊奇,既然接待他,当然也就接待您,要不然他就觉得丢了面子。我有一个女儿,一个儿子。……您明白,小孩子的头脑是幼稚的,心是纯洁的……'凡使这信我的一个小子跌倒的……'①我接

---

① 见《新约·马太福音》,第18章,第6节:"凡使这信我的一个小子跌倒的,倒不如把大磨石拴在这人的颈项上,沉在深海里。"——俄文本编者注

待你们,可是又为孩子们担惊受怕。啊,等您做了母亲,您就会明白我的忧虑。大家都暗暗吃惊,因为我接待您如同接待正派女人一样(请您原谅我这样说),他们向我暗示……嗯,当然,免不了背地里说坏话,胡乱揣测。……我在灵魂深处责难您,然而您那么不幸,可怜,反常,我动了怜悯心,为您感到难过。"

"可是为什么?为什么呢?"娜杰日达·费多罗芙娜问道,周身发抖,"我做了什么对不住人的事呢?"

"您是大罪人啊。您违背了您在圣坛前对丈夫起过的誓。您引诱一个很好的年轻人,这个人如果不遇见您,也许就会从他自己圈子里的一个规矩人家娶一个合法的生活伴侣,那么他现在就跟别人一样了。您断送了他的青春。您不用强辩,不用说了,亲爱的!我不相信在我们的罪恶里男人有过错。这种事素来是女人的过错。男人在家庭生活方面总是随随便便的,他们凭理智而不是凭感情生活,有许多事情不懂,可是女人却全懂。一切都得由她做主。既然上苍给了她许多东西,也就对她有许多要求。啊,亲爱的,要是女人在这方面比男人愚蠢或者软弱,上帝就不会把教养儿女的事托付给女人了。其次,亲爱的,您干出这种放荡的把戏却一点廉耻也不顾;换了别人处在您的地位,就会躲着众人,守在家里不出门,人们只有在上帝的殿堂①里才能看见她,她应当脸色苍白,穿一身黑衣服,哭哭啼啼,每个人都会带着真诚的悲痛心情说:'上帝啊,这个犯罪的天使又回到你的身边来了。……'可是您呢,亲爱的,您丢开一切顾忌,公开地、反常地生活着,倒好像为您的罪恶骄傲似的。您欢蹦乱跳,哈哈大笑,我一瞧见您,总是吓得发抖,每逢您在我们家里坐着,我就担心天上会响起一声雷,劈碎我们的房子。亲爱的,您不用说,不用说了!"玛丽雅·康斯坦丁诺芙娜发现娜杰日达·费多罗芙娜打算讲话,就叫道,"您相信我吧,我不会欺骗您,我也不会把真理瞒过您的灵

---

① 指教堂。

魂。您听我的话吧,亲爱的。……上帝总是不会放过大罪人的,您就已经给注意到了。您想一想,您的装束素来可怕!"

娜杰日达·费多罗芙娜素来认为自己的装束极好,这时候就停住哭,惊讶地瞧着她。

"是啊,真可怕!"玛丽雅·康斯坦丁诺芙娜接着说,"人家单凭您装束的奇特和花哨就能判断您的品行。大家瞧见您,都忍不住讪笑、耸肩膀,我心里好难过,好难过哟。……还有,请您原谅我,亲爱的,您不爱干净! 每逢我们在浴棚里碰见,您害得我直发抖。您外面那条连衣裙倒还将就,可是那衬裙,那衬衫……亲爱的,我脸都红了! 可怜的伊凡·安德烈伊奇,也没有一个人给他好好地系上领结,从他的内衣、他的靴子看得出来,家里没有人照应他。他在您那儿,我的好朋友,总是挨饿。真的,要是家里没有人为茶炊和咖啡操心,人就不得不在饮食店里花掉一半薪水了。而且您这个家呀,简直吓人,吓人! 全城没有一个人家里有苍蝇,可是您家里的苍蝇多得没法办,所有的盘子和碟子都成了黑的。窗台上和桌子上,您瞧吧,满是灰尘、死苍蝇、玻璃杯。……玻璃杯何必放在这儿呢?亲爱的,直到现在,您这儿的桌子还没收拾过哩。至于您的卧室,人都不好意思走进去了,到处乱丢着衬衣短裤,墙上挂着您那些各式各样的橡胶用具,盘啊碗的胡乱放着。……亲爱的! 可不能让丈夫瞧出什么来,妻子在丈夫面前应当干干净净,跟天使一样! 每天早晨,我天一亮就醒来,用凉水把脸洗干净,免得叫我的尼科季木·亚历山德雷奇看出我带着睡意。"

"这全是小事,"娜杰日达·费多罗芙娜哭着说,"要是我幸福倒也罢了,可是我这么苦恼!"

"是啊,是啊,您很苦恼!"玛丽雅·康斯坦丁诺芙娜叹道,几乎忍不住也哭出来,"日后还有可怕的灾难等着您呢! 孤独的老年啦,疾病啦,最后还得在末日审判时听候发落。……可怕呀,可怕! 眼前,命运向您伸出了援救的手,可是您不识好歹,反倒躲开它。举行婚礼吧,赶快举行婚礼吧!"

"是的,应该这样,应该这样,"娜杰日达·费多罗芙娜说,"可是这不行!"

"为什么呢?"

"不行!唉,但愿您知道就好了!"

娜杰日达·费多罗芙娜想要讲有关基利林的事,讲昨天晚上她在码头上遇见年轻漂亮的阿奇米安诺夫,她的脑子里怎样猛地产生一种疯狂可笑的主意,企图借此摆脱三百卢布的债务。她觉得这个主意很好玩,夜深回到家里,却觉得自己已经成了一个堕落得无法挽救而且出卖自己灵魂的人了。她自己也不知道她怎么会想出这种主意来的。如今她很想在玛丽雅·康斯坦丁诺芙娜面前起誓,说她一定要还清债务,然而痛哭和羞臊不容她开口说话。

"我要走掉,"她说,"让伊凡·安德烈伊奇留在这儿好了,可是我得走。"

"到哪儿去?"

"到俄罗斯去。"

"可是您在那儿怎么生活呢?要知道,您一个钱也没有。"

"我可以干翻译工作,或者……或者开办一个图书馆。……"

"别胡思乱想了,亲爱的。有了钱才能开办图书馆。好,现在我要跟您分手了,您定下心来想一想吧,明天再欢欢喜喜地来看我。那才好!好,再见,我的小天使。让我吻您一下。"

玛丽雅·康斯坦丁诺芙娜吻一下娜杰日达·费多罗芙娜的额头,在她胸前画个十字,就不出声地走出去了。天色已经黑下来,奥尔迦在厨房里点上了灯。娜杰日达·费多罗芙娜仍旧在哭,她走进卧室,在床上躺下。她开始发高烧。她躺在那儿脱掉衣服,把她的连衣裙团起来,丢在脚旁,盖上被子,缩成一团。她想喝水,可是没有人来给她倒水。

"我要还清那笔债!"她自言自语,在昏迷中她觉得好像坐在一个病人身旁,而且认出这个病人就是她自己,"我要还清那笔债。以为我干这种事是图财,那是愚蠢的。……我要离开此地,在彼得堡汇钱给他。……先汇一百……再汇一百……然后又一百。……"

拉耶甫斯基夜深才回来。

"先汇一百……"娜杰日达·费多罗芙娜对他说,"再汇一百。……"

"你该吃点奎宁。"他说,然后他暗想:"明天是星期三,轮船要开走,我走不成了。那么只好在这儿住到星期六。"

娜杰日达·费多罗芙娜坐起来,在床上跪着。

"我刚才说什么话了吗?"她问道,微微笑着,灯光照得她眯细了眼睛。

"没说什么。明天早上得打发人去请大夫来。睡吧。"

他拿着枕头,往门口走去。自从他打定主意离开此地,留下娜杰日达·费多罗芙娜一个人在这儿以后,她就开始在他心里引起怜悯和负疚的感觉。他在她面前觉得有点惭愧,仿佛站在一匹已经决定屠宰的病马或者老马面前似的。他在门口站住,回过头去看她一眼。

"那次野餐,我发脾气,对你说了粗鲁的话。看在上帝分上,请你原谅我。"

说完这话,他就走到书房里,躺了下来,很久没睡着。

第二天早晨萨莫依连科来了,由于这天是假日①,他穿着全副军装,佩戴着肩章和勋章。他给娜杰日达·费多罗芙娜摸过脉,看过舌头后,就走出她的卧室。拉耶甫斯基站在门口,不安地问道:

"哦,怎么样?怎么样?"

他脸上现出恐惧、极度的不安和希望。

---

① 指教会的和皇室的节庆日。

"你放心吧,没有什么危险,"萨莫依连科说,"普通的热病。"

"我问的不是这个,"拉耶甫斯基说,不耐烦地皱起眉头,"钱借到了吗?"

"我的好人,请你原谅,"萨莫依连科小声说道,回头看一眼房门,觉得很窘,"看在上帝分上,原谅我吧!谁的手头都没有余钱。眼下我就东借五卢布,西借十卢布,一共凑齐一百一十个卢布。今天我要找一个人谈谈。你耐心一点吧。"

"可是最后期限是星期六!"拉耶甫斯基小声说,心里焦灼得发抖,"看在一切圣徒分上,星期六以前务必凑齐!要是星期六我走不了,我就一个钱也不需要……一个钱也不需要了!我不明白一个做大夫的怎么会没有钱!"

"求上帝发发慈悲吧,"萨莫依连科又迅速又紧张地说,甚至嗓音都有点发尖,"我的钱全叫别人拿走了,人家欠着我七千,我呢,到处都欠着债。难道这能怪我?"

"那么星期六以前能凑齐吗?行吗?"

"我尽力去凑就是。"

"求求你,好朋友!务必星期五早晨把钱交到我手里。"

萨莫依连科坐下来开药方,写下奎宁、溴化钾①、大黄浸剂、龙胆健胃剂②、茴香水③——所有这些药掺在一起,成为合剂,另加粉红色糖浆,免得药苦,然后他就走了。

十一

"看你这样子,好像是来逮捕我的。"冯·柯连看见萨莫依连科穿着全副军装走进房来,就说。

"我路过这儿,心里寻思:我就进去一趟,看望一

---

①②③ 原文为拉丁语。

下动物学家吧。"萨莫依连科说着,在动物学家本人亲手用普通木板钉成的大桌子旁边坐下。"你好,神甫!"他对助祭点一下头说,助祭正在窗子旁边坐着,抄写什么东西。"我坐一会儿就回家去吩咐预备午饭。是时候了。……我不碍你们的事吧?"

"一点也不碍事,"动物学家回答说,在桌上摆开一张张写满小字的纸片,"我们正忙着抄写呢。"

"是这样……啊,我的上帝,我的上帝呀……"萨莫依连科叹道。他把桌上一本落满灰尘、上面放着一只已经死掉的干避日虫的书拉过来,说:"嘿!你想想看,有一只淡绿色小甲虫正爬着去办自己的事,忽然间在路上遇见这么一个该死的东西。我想得出来,它会多么害怕!"

"对,我想也是这样。"

"上帝给它毒液是要让它保护自己,防御敌人,是吗?"

"是的,要让它保护自己,而且也要让它用来进攻。"

"是这样,是这样,是这样。……自然界的万物,我的好朋友,都是合情合理,可以解释的,"萨莫依连科叹道,"不过有一件事我却不懂。你是个有大才大智的人,劳驾给我解释一下。你知道,有那么一种小动物,并不比耗子大,长得倒挺好看,可是,我跟你说,它非常恶劣,不道德。比方说,这个小动物在树林里走动,看见一只小鸟,就捉来吃了。它再往前走,看见草丛里有一窝卵;它不想吃,肚子已经饱了,可是它仍旧咬碎一个,用爪子把别的卵都弄到窝外去。后来它遇见一只青蛙,就一味耍弄它。它把青蛙折磨死,舔舔自己的身子,走了。后来它遇见一只甲虫,就用爪子把它弄死。……它一路上把样样东西都毁掉,都糟蹋掉。……它爬进别的动物的洞穴,毫无目的地刨开蚁冢,咬碎蜗牛的外壳。……它遇见一只耗子,就跟它斗起来;看到一条蛇或者一只幼鼠呢,它就活活掐死。它一整天就干这种事。嗯,你说说看,要这种动物有什么用处？何必把这种动物创造出来呢？"

"我不知道你讲的是什么动物，"冯·柯连说，"大概是一种食虫类动物吧。不过，那又怎么样呢？小鸟被它弄死，无非是因为这只小鸟自己不小心。它捣毁一窝卵，是因为鸟不高明，没把窝造好，又不善于隐蔽它的窝。青蛙呢，必是颜色有缺陷，要不然就不会被那动物发现，等等。你说的那个动物仅仅毁掉软弱的、不高明的、不小心的动物，一句话，仅仅毁掉本身有缺陷而且大自然认为不宜于传宗接代的动物。留存下来的，全是比较高明的、小心的、强壮的、发达的动物。因此，那个动物虽然自己没有感觉到，却在为改进这一伟大目标服务。"

"是的，是的，是的。……顺便说一句，老兄，"萨莫依连科随随便便地说，"借给我一百卢布吧。"

"好。在食虫类动物当中，有些很有趣的东西。例如鼹鼠就是。人们说它有益，因为它扑灭害虫。据说有个德国人把鼹鼠皮做成一件皮大衣，送给皇帝威廉一世，皇帝却下令将他申斥一顿，说他弄死了这么多有益的动物。可是鼹鼠在残忍方面一点也不比你说的那个动物差，而且很有害，因为它们常把草场毁坏得一塌糊涂。"

冯·柯连打开一个小匣子，从里面取出一张一百卢布的钞票。

"鼹鼠有着像蝙蝠那样强壮的胸廓，"他接着说，关上那个小匣子，"它有极其发达的骨骼和肌肉，嘴里的牙齿异常锋利。假如它长得有象那么大，它就会成为一种摧毁一切、不可征服的动物。有趣的是每逢两只鼹鼠在地底下相遇，它俩总是仿佛预先商量好似的，一齐挖出一个小平台来。它们要这个小平台，是为了便于打架。它们一干完这个工作，就凶猛地打起来，一直打到比较弱的一个倒下去才罢休。这一百卢布你拿去，"冯·柯连压低声音说，"但是有个条件，不准借给拉耶甫斯基。"

"就算是借给拉耶甫斯基的，那又怎么样！"萨莫依连科说,冒火了,"这干你什么事?"

"我不能让你把钱借给拉耶甫斯基。我知道你喜欢借钱给人家。哪怕强盗凯利姆向你借钱,你也会借,可是对不起,我不能在这方面帮助你。"

"不错,我就是替拉耶甫斯基借的!"萨莫依连科说着,站起身来,挥动着右手,"不错!就是替拉耶甫斯基借的!而且任什么恶魔,任什么鬼怪,也没有权利支使我该怎样处理我自己的钱财。您不肯借吗?不肯?"

助祭哈哈大笑。

"你别冒火,要讲道理,"动物学家说,"对拉耶甫斯基先生行善,依我看来,如同给杂草浇水或者喂养一群蝗虫那样不聪明。"

"可是依我看来,我们有责任帮助我们的邻人!"萨莫依连科叫道。

"既是这样,你就帮帮那个饿得躺在围墙脚下的土耳其人吧!他是个工人,比你那个拉耶甫斯基有用得多,有益得多。把这一百卢布给他好了。要不然就把这一百卢布捐给我的考察队!"

"我问你:你到底借不借?"

"你老实告诉我:他要钱有什么用?"

"这不是秘密。他星期六要到彼得堡去。"

"原来是这么回事!"冯·柯连拖着长音说,"啊,啊……我们懂了。那么,她跟他一块儿走还是怎么的?"

"她暂时留在此地。他去彼得堡安排停当,就给她汇钱来,到那时候她再走。"

"这真妙!……"动物学家说,发出一连串短促而高亢的笑声,"真妙!煞费苦心啊。"

冯·柯连很快地走到萨莫依连科面前,跟他面对面地站着,直视着他的眼睛,问道:

"你老实说:他不再爱她了,是吧?你说啊:他不再爱她了,对吗?"

"对。"萨莫依连科费力地说,冒出汗来了。

"这多么可恶!"冯·柯连说,从他脸上可以看出,他确实感到憎恶,"两者必居其一,亚历山大·达维狄奇:要么你跟他朋比为奸,要么,对不起,你是个糊涂虫。难道你不明白,他把你当小孩子,用最无耻的方式哄骗你?要知道,事情跟白昼一样明白,他打算摆脱她,把她丢在此地。她就会成为你的负担。事情跟白昼一样明白:你就得自己出钱把她送到彼得堡去。莫非你那个好朋友的品格是那么光彩照人,弄得你的眼睛也发花了,竟然连顶顶简单的事情也看不清楚?"

"这不过是揣测罢了。"萨莫依连科坐了下来,说。

"揣测?可是为什么他一个人走而不跟她一块儿走呢?你问问他:为什么不让她先走,然后他自己再走?无赖!"

萨莫依连科对他的朋友突然产生了疑窦,不由得心情沉重,忽然泄了气,声调低下来了。

"不过这不可能!"他想起拉耶甫斯基在他家里留宿的那个夜晚,说道,"他那么痛苦!"

"这又怎么样？盗贼和放火犯也痛苦哩！"

"我们甚至不妨假定你的话是对的……"萨莫依连科沉思着说，"就算是这样吧。……然而他是一个年轻人，在异乡做客……又是大学生，我们也是大学生，此地除了我们以外就没有人肯帮助他了。"

"只因为你和他在不同的时期都念过大学，而且你们两人在大学里都没有什么作为，你就得帮他去做坏事！真荒唐！"

"慢着，我们来冷静地考虑一下。我想，可以这样办……"萨莫依连科一面思忖着，一面活动着手指头，说，"你要知道，我把钱给他，可是要他许下诚实高尚的诺言，过一个星期务必给娜杰日达·费多罗芙娜汇路费来。"

"那他就会给你许下诚实的诺言，甚至还会掉下几滴眼泪，而且他自己也会相信自己，可是这种话有什么价值？他不会履行诺言。过上两三年你会在涅瓦大街遇见他，胳膊上挽着新的情人，他会为自己辩白说，他受了文明的害,他是罗亭一流的人。看在上帝分上,你丢开他吧!离开这堆垃圾,不要用你那两只手去搅动它了!"

萨莫依连科想了一分钟,坚决地说:

"可是我仍旧要给他钱。随你怎样,我也还是要给。我不能只根据揣测就拒绝一个人。"

"好得很。你去跟他亲嘴吧。"

"那么,给我一百卢布。"萨莫依连科怯生生地要求道。

"我不给。"

接着是沉默。萨莫依连科完全泄了气。他脸上现出负疚的、羞臊的、讨好的神情。一个身材魁伟、佩着肩章和勋章的人,脸上竟会现出这样一副孩子气的、发窘的可怜相,使人看了不免觉得奇怪。

"此地的主教巡查他的辖区的时候,不是坐马车,而是骑马,"助祭放下笔,说,"他骑在马上的那种气派,动人极了。他的朴实和谦虚充满《圣经》的庄严。"

"他是好人吗?"冯·柯连问,由于改换话题而暗自高兴。

"怎么能不是好人呢?如果他不好,难道会授予他主教的职位吗?"

"在高级僧侣当中,常常可以遇见很好和很有才能的人,"冯·柯连说,"只是可惜,他们之中很多人都有一个弱点,喜欢把自己看作大政治家。有的人竭力推行俄罗斯化,有的人批评科学。这不是他们的事。他们最好还是多管管正教辖区监督局的好。"

"俗人不能批评高级僧侣。"

"为什么呢,助祭?高级僧侣也跟我一样是人。"

"一样,可也不一样,"助祭生气地说,拿起钢笔,"要是您跟他一样,神恩就会落在您身上,您自己就会做主教了。既然您没做主教,可见您就不一样。"

"别胡说了,助祭!"萨莫依连科闷闷不乐地说。"你听我说,我想出这样一个办法,"他对冯·柯连说,"你不用借给我一百卢布。你今年冬天以前还要在我家里搭三个月伙食,那么你把三个月的伙食费先支给我吧。"

"我不给。"

萨莫依连科眨巴着眼睛,脸涨红了。他信手把上面放着避日虫的那本书拉过来,仔细观察一番,然后站起身来拿帽子。冯·柯连开始可怜起他来了。

"跟这班先生一块儿生活,打交道,真是要命!"动物学家说道,愤愤地把一张纸片踢到墙角上去。"你得明白,这不是仁慈,不是爱,而是懦弱,是姑息,是害人!凡是理智得出来的东西都被你们那种婆婆妈妈而一无用处的好心毁掉了!当初我做中学生的时候,得过一次伤寒,我的姑妈出于怜悯,给我饱吃了一顿醋渍的蘑菇,我差点送了命。你跟我的姑妈都应该明白:对人的爱不应当在心里,不应当在心口窝儿上,也不是在腰里,而应当在这儿!"

冯·柯连拍一下他的脑门子。

"拿去!"他把一张一百卢布钞票丢给他,说。

"你不该生气,柯里亚,"萨莫依连科温和地说,把那张钞票叠起来,"我十分了解你,不过……你也设身处地替我想一想。"

"你是老太婆,就是这么的!"

助祭扬声大笑。

"你听从我的最后一个要求吧,亚历山大·达维狄奇!"冯·柯连激昂地说,"你把钱给那个坏蛋的时候,对他提一个条件:要他跟他的女人一块儿走,或者打发她先走,要不然,就不给他钱。用不着跟他讲客气。你就这样对他说。如果你不说,那我就向你保证,我要到他的机关里去找他,把他从楼上推下去,而且从此跟你断绝来往。你得心里放明白些!"

"这有什么不可以的!如果他跟她一块儿走,或者打发她先走,这在他倒方便些,"萨莫依连科说,"他甚至会高兴呢。好了,再见吧。"

他温和地告辞,走出去,可是在关上身后的门以前,回过头来看一眼冯·柯连,做出一副可怕的脸相,说道：

"你呀，老兄，活活叫德国人给毁了！是的！德国人！"

十二

第二天，星期四，玛丽雅·康斯坦丁诺芙娜为她的柯斯嘉做生日。她请大家中午去吃馅饼，傍晚喝巧克力茶。傍晚拉耶甫斯基和娜杰日达·费多罗芙娜去了，这时候动物学家已经坐在客厅里喝巧克力茶了。他问萨莫依连科道：

"你跟他说过了吗？"

"还没有。"

"注意，用不着讲客气。这些先生这样厚脸皮，我真不懂！他们分明知道这家人对他们姘居的看法，可是偏要闯到这儿来。"

"要是各种偏见都得顾到，"萨莫依连科说，"人就没有地方可去了。"

"难道大家对婚外恋和道德败坏的憎恶是偏见?"

"当然。这是偏见,是嫉恨。兵士们看见一个姑娘举止轻佻,就哈哈大笑,嘴里打呼哨。可是你去问问他们:他们自己是些什么样的人?"

"他们不是平白无故地打呼哨的。姑娘们闷死自己的私生子,被流放出去做苦工,安娜·卡列尼娜跳到火车底下自尽,在乡村里,人们把大门涂上焦油,你和我不知什么缘故都喜欢卡嘉的纯洁,每个人都知道纯洁的爱情是没有的,却又模模糊糊地感到需要这样的爱情,——难道所有这些都是偏见? 这个,老兄,是在自然淘汰中唯一留存下来的东西,如果没有这种神秘的力量调节两性的关系,那么拉耶甫斯基先生之流就会由着性儿地胡搞,人类不出两年就会退化。"

拉耶甫斯基走进客厅里来。他跟所有的人打过招呼,握一握冯·柯连的手,露出讨好的笑容。他左等右等,抓住一个方便的机会,对萨莫依连科说:

"对不起,亚历山大·达维狄奇,我要跟你谈几句话。"

萨莫依连科就站起来,搂住他的腰。他们两人走到尼科季木·亚历山德雷奇的书房里去了。

"明天是星期五……"拉耶甫斯基说,咬着手指甲,"你答应的那笔钱凑齐了吗?"

"只到手二百一十个卢布。余下的今天或者明天可以凑齐。你放心吧。"

"谢天谢地!……"拉耶甫斯基说,叹一口气。他快活得两只手发抖,"你救了我,亚历山大·达维狄奇。我要当着上帝发誓,以我的幸福,以你认可的任什么东西担保:我一到那边,就把钱给你汇来。我把旧债也给你汇来。"

"你听我说,万尼亚……"萨莫依连科说道,摸着他的纽扣,涨红了脸,"请你原谅我干涉你的家庭私事,不过……为什么你不跟娜杰日达·费多罗芙娜一块儿走呢?"

"怪人,难道这可能吗?我们两人总得有一个留下,要不然那些债主就会哇哇叫。要知道,我欠着商店七百个卢布,或者还不止这个数目。瞧着吧,我会给他们汇钱来,堵住他们的嘴,到那时候她就可以离开此地了。"

"哦。……可是为什么你不打发她先走呢?"

"唉,我的上帝,难道这可能吗?"拉耶甫斯基说,露出吓坏的样子,"要知道,她是女人,她一个人到那边能干什么呢?她懂得什么呢?这只会拖延时间,多破费些钱罢了。"

"这话倒也有道理……"萨莫依连科暗想,可是他想起他跟冯·柯连谈的话,就低下头,阴郁地说:

"我不能同意你的话。要么你跟她一块儿走,要么你打发她先走,不然的话……不然的话,我就不借给你钱。这是我的最后决定。……"

他跟跟跄跄地往后退去,背脊撞在房门上,涨红了脸,心慌意乱地走进了客厅。

"星期五……星期五,"拉耶甫斯基想着,回到客厅,"星期五……"

仆人给他端来一杯巧克力茶。他被滚热的巧克力茶烫痛了嘴唇和舌头,暗自想着:

"星期五……星期五……"

不知什么缘故,"星期五"这几个字不肯离开他的脑子。除了星期五,他什么也不想。只有一件事在他是清楚的,然而不是脑子里想清楚,而是在心底里明白,那就是,星期六他走不成了。他面前站着尼科季木·亚历山德雷奇,穿得整整齐齐,两鬓的头发也梳理过,他请求道:

"请吃点东西吧。……"

玛丽雅·康斯坦丁诺芙娜把卡嘉的记分册拿给客人们看,拖着长音说:

"现在念书难得很,难得很!学校的要求那么多哟。……"

"妈妈!"卡嘉哀叫道,她由于害羞,又受到称赞,不知道把自己藏到哪儿去才好。

拉耶甫斯基也看了看记分册,称赞几句。神学课啦,俄语啦,品行啦,五分啦,四分啦,不住地在他眼前跳动,再加上缠住他不放的星期五、尼科季木·亚历山德雷奇细心地梳过的鬓发、卡嘉红扑扑的脸颊,——这一切在他心里形成一种无边无际而又无法克制的烦闷,弄得他几乎绝望地大叫起来,问他自己:"难道,难道我走不成了吗?"

人们把两张呢面牌桌拼好,坐下来玩"邮递"。拉耶甫斯基也坐了下来。

"星期五……星期五……"他想,赔着笑脸,从衣袋里取出一支铅笔,"星期五……"

他打算考虑一下他的处境,可又怕去想它。他战战兢兢,不敢承认:许久以来他设下一个骗局,可是小心谨慎,瞒着自己,现在却被医生揭开了。他每次想到他的未来,总是不容他的思想尽情驰骋。他坐上火车,走掉,他的生活问题就此解决,至于后事如何,他就不容许自己再往下想了。偶尔也有一个想法,好比旷野中一个遥远而模糊的灯光,在他脑子里闪过,那就是在遥远的将来,在彼得堡一个巷子里,他为了跟娜杰日达·费多罗芙娜分手,为了还债,不得不使用小小的作假手段。他只要作一次假,然后全新的生活就来了。这倒也挺好:作一次小小的假就可以换回巨大的真理。

现在,医生拒绝借钱,这就露骨地暗示他在骗人。他这才明白:不但在遥远的未来他需要作假,就是今天,明天,一个月后,也许直到生命结束的那一天,他也还是要作假。确实,为了离开此地,他就不得不对娜杰日达·费多罗芙娜、债主和他的上司说谎。其次,在彼得堡要弄到钱,又不得不对他母亲撒谎,说他已经跟娜杰日达·费多罗芙娜脱离关系了。他母亲至多只会给他五百卢布,那么他已经在欺骗医生,因为他不可能在短时间内汇钱给他。再者,等娜杰日达·费多罗芙娜来到彼得堡,他就不得不运用一整套大大小小的欺骗手段来跟她分手,这就又会引来眼泪啦,苦闷啦,可憎的生活啦,懊悔啦,可见根本就不会有什么新生活。只会有欺骗,别的什么也不会有。在拉耶甫斯基的想象里升起一座虚伪的大山。为了纵身一跃,跳过这座大山,不再点点滴滴地弄虚作假,那就得下定决心采取坚决的行动,例如一句话也不说,站起来,戴上帽子,不要钱,也不费口舌,立刻走掉。然而拉耶甫斯基觉得这在他是办不到的。

"星期五,星期五……"他想,"星期五……"

人们写好小字条,把它们折叠起来,放在尼科季木·亚历山德雷奇的一顶旧礼帽里,等到小字条积得足够多了,柯斯嘉就充当邮递员,绕着桌子走一圈,散发字条。助祭、卡嘉、柯斯嘉得到的是滑稽的字条,就极力写些更滑稽的字条,他们玩得兴高采烈。

"我们得谈一谈。"娜杰日达·费多罗芙娜念着一张小字条。她跟玛丽雅·康斯坦丁诺芙娜互相看一眼,那位太太露出杏仁油般的笑容,频频对她点头。

"谈些什么呢?"娜杰日达·费多罗芙娜暗想,"要是不能把所有的话都讲出来,那么谈也没有用处。"

她出来做客以前,给拉耶甫斯基打好领结,这件简单的事使她心里充满温柔和忧伤。他脸上那种不安的神情,他那恍恍惚惚的眼神,他那苍白的面色,他近来发生的不可理解的变化,她瞒住他的那个可怕又可憎的秘密,她的手打领结时候的颤抖,不知什么缘故,都在对她表明,他们共同生活的日子不会久了。她瞧着他如同瞧着神像,心里又是恐惧又是后悔,暗自想着:"宽恕我吧,宽恕我吧。……"桌子对面坐着阿奇米安诺夫,他那对入迷的黑眼睛一刻也不放松她。她给情欲煎熬着,不由得为自己害臊,生怕就连愁闷和忧伤也无法阻止她不在今天就在明天屈从于那种不纯洁的欲念。她好比害狂饮病的酒徒,没有力量管束自己了。

为了不再继续过这种叫她丢脸而又使拉耶甫斯基受尽侮辱的生活,她决定离开此地。她会哭着恳求他放她走,如果他不赞成,她就悄悄离开他。已经发生的那些事她不会告诉他。让他保留着关于她的纯洁的回忆吧。

"我爱你,我爱你,我爱你。"她念着。"这是阿奇米安诺夫写的。"她想。

她要到一个偏僻的地方去生活,工作,而且"匿名"汇钱给拉耶甫斯基,把绣花衬衫和烟草寄给他,一直到她年老,或者如果他害了重病,需要护士,才回到他身边去。等他到了老年,知道她当初由于什么缘故不肯做他的妻子而离开他,他就会珍惜她的牺牲,宽恕她了。

"您的鼻子很长。"这大概是助祭或者卡嘉写的。

娜杰日达·费多罗芙娜幻想她跟拉耶甫斯基分手的时候,会紧紧地拥抱他,吻他的手,起誓说,要永生永世爱他,然后她就到一个偏僻的地方,在生人当中住下来,每天想着在某个地方她有一个朋友,一个她所热爱的人,那个人纯洁、高尚、崇高,保留着关于她的纯洁的回忆。

"如果您不跟我约定今天相会,我就要采取措施,我凭人格向您担保。对待正派人是不能这样的,您得放明白点。"这是基利林写的。

十三

拉耶甫斯基收到两张小字条。他打开其中的一张,上面写着:"不要走,我亲爱的。"

"这会是谁写的呢?"他暗想,"当然不会是萨莫依连科。……也不会是助祭,因为他不知道我要走。莫非是冯·柯连?"

动物学家低下头凑近桌子,正在画金字塔。拉耶甫斯基觉得他的眼睛似乎带着笑意。

"多半萨莫依连科传出风声去了……"拉耶甫斯基暗想。

另一张字条上同样是歪歪扭扭的笔迹,而且字母后面拖着长尾巴和小钩,那上面写着:"某人星期六走不成。"

"愚蠢的嘲弄,"拉耶甫斯基暗想,"星期五,星期五……"

有个什么东西涌到他的喉头。他拉拉衣领,咳嗽一声,然而喉咙里发出来的却不是咳嗽声,而是笑声。

"哈哈哈!"他笑起来,"哈哈哈!"

"我在笑什么呀?"他暗想。"哈哈哈!"

他极力控制自己,用手封住嘴,可是笑声压住他的胸膛和脖子,他的手封不住嘴了。

"哎,这多么愚蠢!"他想,同时不住地大笑,"我疯了还是怎么的?"

笑声越来越高,变成小狮子狗般的吠叫声了。拉耶甫斯基想从桌旁站起来,然而他的腿不听使唤,他的右手有点蹊跷,不由自主地在桌上跳动,乱抓纸片,把它们捏在手心里。他看见人们惊异的眼光、萨莫依连科严肃惊恐的面容、动物学家充满冷酷的讥诮和厌恶的目光,这才明白自己发了癔病。

"多么不像样子,多么丢脸啊,"他暗想,感到脸上淌下热泪……"唉,唉,多么坍台!我从没出过这种事。……"

这时候人们搀起他的胳膊,在后面托住他的脑袋,把他扶到不知什么地方去了。随后一只玻璃杯在他眼前闪过,撞在他的牙齿上,水泼到他的胸口。这是一个小房间,房中央并排放着两张床,上面铺着干净、雪白的床单。他倒在一张床上,放声痛哭。

"不要紧,不要紧……"萨莫依连科说,"这种事是常有的。……这种事是常有的。……"

娜杰日达·费多罗芙娜害怕得周身发凉,四肢打战,预感到会发生什么可怕的事,就站在床边问道:

"你怎么了?怎么了?看在上帝分上,你说呀。……"

"莫非基利林给他写了些什么话?"她暗想。

"没什么……"拉耶甫斯基说,又是笑又是哭,"你走开吧……亲爱的。"

他脸上既没表现痛恨,也没表现憎恶,可见他什么也不知道。娜杰日达·费多罗芙娜略略放了心,走到客厅里去了。

"您不要激动,亲爱的!"玛丽雅·康斯坦丁诺芙娜挨着她坐下,拉住她的手,对她说,"这会过去的。男人跟我们这些罪人一样软弱。你们两人目前正经历一个严重的关头……这是完全可以理解的!喏,亲爱的,我等着答复呢。我们来谈一谈。"

"不,我们不要谈了……"娜杰日达·费多罗芙娜说,听着拉耶甫斯基的哭声,"我心里难过。……您让我走吧。"

"您说什么呀,亲爱的,您说什么呀!"玛丽雅·康斯坦丁诺芙娜惊恐地说,"难道您以为我能让您不吃晚饭就走?等吃完饭再走吧。"

"我心里难过……"娜杰日达·费多罗芙娜小声说,她怕跌倒,就两只手抓住圈椅的扶手。

"他得了惊厥!"冯·柯连快活地说,走进客厅来,可是一看见娜杰日达·费多罗芙娜就心里发慌,走出客厅去了。

等到癔病发完,拉耶甫斯基坐在别人的床上,心里想:

"丢脸,像小妞儿似的哇哇地哭!我那样儿想必很可笑,很讨厌。我从后门走掉吧。……不过这样一来,我倒是把我的癔病看得过于认真了。应当拿它当笑话似的敷衍过去才是。……"

他照一照镜子,坐一会儿,就走到客厅去。

"我来了!"他笑吟吟地说。他羞得不得了,觉得别人见着他也觉得难为情。"这是常有的事,"他说,坐下来,"我本来坐在那儿,可是忽然间,您猜怎么着,我觉得胸口两边刺痛得厉害……难忍难熬,神经受不住,就……就出了这样的蠢事。我们眼下处在神经紧张的时代,这是没有办法的啊!"

晚饭席上,他喝葡萄酒,谈天,偶尔猛然叹口气,摩挲胸口两边,仿佛刺痛还没消退似的。除了娜杰日达·费多罗芙娜以外,谁都不相信他,他自己也看出来了。

九点多钟,人们到林荫道上散步。娜杰日达·费多罗芙娜生怕基利林要找她谈话,一直极力待在玛丽雅·康斯坦丁诺芙娜和孩子们身边。恐惧和愁闷弄得她四肢无力,又预感到热病要发作,浑身疲乏得很,勉强挪动两条腿。可是她没有回家去,因为她相信基利林或者阿奇米安诺夫会跟踪她,或者两个人一块儿来找她。现在基利林就在她后面,跟尼科季木·亚历山德雷奇并排走着,用唱歌的声调低声哼着:

"我不容许人家玩弄我!我不容许人家玩弄我!"

他们从林荫道上转了个弯,往售货亭那边走去。他们沿海岸走着,久久地观赏海面上发出的一片磷光。冯·柯连开始讲解海面上怎么会发出磷光。

十四

"可是现在我要去玩'文特'了。……他们在等我,"拉耶甫斯基说,"再见吧,诸位先生。"

"等一等,我跟你一块儿走。"娜杰日达·费多罗芙娜说,挽着他的胳膊。

他们就向大家告辞,走了。基利林也告辞,说他正好同路,就跟他们并排走去。

"要发生的事终归要发生,"娜杰日达·费多罗芙娜暗想,"那就随它去。……"

她觉得好像所有那些糟糕的往事都从她的脑子里钻出来,在黑暗中跟她并排走着,粗声粗气地呼吸着。她自己呢,好比落在墨水瓶里的苍蝇,沿着马路费力地爬动,把拉耶甫斯基的肋部和胳膊都染黑了。她暗想:如果基利林做出什么不好的事来,那么在这方面该负责的不是他,而是她自己。要知道,从前有过一个时期,没有一个男人会像基利林这样对她说话,她自己却把那段时期像一根线似的扯断,无可挽回地毁掉了,那么这该由谁负责呢?她给情欲弄得神魂飘荡,开始对一个全不相识的男人媚笑,大概只因为他体态端正,身材高大。经过两次幽会以后,他却惹得她厌倦,她就丢开他了。这时候她暗想:"就因为这个缘故,他不是就有权利可以随意摆布她吗?"

"在这儿,亲爱的,我要跟你分手了,"拉耶甫斯基站定下来,说,"伊里亚·米海雷奇会送你回家的。"

他向基利林点点头,很快地穿过林荫道,穿过大街,往谢希科甫斯基的房子走去,那儿的窗子里灯光明亮。随后他们可以听见他带上便门的声音。

"请容许我把话跟您说清楚,"基利林开口说,"我不是小孩子,也不是什么阿奇卡索夫,或者拉奇卡索夫,扎奇卡索夫。……我要您认真地注意这一点!"

娜杰日达·费多罗芙娜的心怦怦地跳。她什么话也没回答。

"我起初把您态度的突然转变解释为卖弄风情,"基利林接着说,"现在我才看出来您根本不懂得该怎样对待正派人。您简直就是有意玩弄我,如同玩弄那个小孩子,那个亚美尼亚人一样。然而我是个正派人,我要求人家对待我像对待正派人那样。所以,我为您效劳。……"

"我心里难过……"娜杰日达·费多罗芙娜说,哭起来,为了遮掩眼泪而扭转身去。

"我也难过,可是这又怎么样呢?"

基利林沉默一会儿,然后清清楚楚、一板一眼地说:

"我再说一遍,太太:如果您今天不跟我相会,那么今天我就要闹出一场乱子来。"

"今天就放过我吧。"娜杰日达·费多罗芙娜说,她都听不出自己的声音来了,那声音变得那么可怜,那么细声细气。

"我得给您一点教训。……原谅我的粗鲁口吻,我非给您一点教训不可。是的,很抱歉,我不得不给您一点教训。我要求两次约会:今天和明天。后天您就可以完全自由,您爱上哪儿,爱跟什么人要好,都由您。今天和明天。"

娜杰日达·费多罗芙娜走到她的家门口,站住。

"放开我吧!"她小声说,周身打战,在黑暗里除了他那件白色制服以外什么也看不见。"您是对的,我是坏透了的女人……我不对,可是您放了我吧。……我求求您……"她说,碰到他冰凉的手,打了个哆嗦,"我求求您了。……"

"唉!"基利林叹道。"唉! 放走您却不在我的计划之内,我只是打算给您一点教训,让您明白一下罢了。再说,夫人,我是不大相信女人的。"

"我心里难过。……"

娜杰日达·费多罗芙娜听着海水平和的哗哗声,看着繁星密布的天空,恨不得赶快了结这一切,摆脱这种该诅咒的生活以及那海洋、繁星、男人、热病。……

"只是不要在我的家里……"她冷冷地说,"把我带到别处去。"

"那我们到缪利多夫家去。那儿再好不过了。"

"那是什么地方?"

"在旧围墙附近。"

她顺着大街快步走去,后来转个弯,走进一条通到山坡上去的巷子。天黑了。道路上这儿那儿横着些苍白的光带,那是由里面点着灯的窗子里射出来的。她觉得自己像是一只苍蝇,时而落进墨水瓶,时而又爬出来,到亮光里。基利林跟着她走。他走到一个地方绊了一下,几乎摔倒,不由得笑起来。

"他醉了……"娜杰日达·费多罗芙娜暗想,"没关系……没关系。……随它去吧。"

阿奇米安诺夫不久也向大家告辞,去追娜杰日达·费多罗芙娜,打算请她去划一会儿船。他走到她家,隔着篱栅往里看:窗子都开着,没有点灯。

"娜杰日达·费多罗芙娜!"他叫她。

一分钟过去了。他又叫一声。

"谁啊?"奥尔迦的声音响起来。

"娜杰日达·费多罗芙娜在家吗?"

"不在。她还没回来。"

"奇怪……奇怪得很,"阿奇米安诺夫暗想,感到十分不安,"刚才她是回家来了。……"

他在林荫道上走着,然后顺着大街走去,往谢科甫斯基家的窗子里看一眼。拉耶甫斯基脱了上衣,坐在桌子旁边,专心地看着纸牌。

"奇怪,奇怪……"阿奇米安诺夫嘟哝着,想起拉耶甫斯基刚才发病,不由得觉着羞愧,"既然她不在家里,那她到哪儿去了呢?"

他又往娜杰日达·费多罗芙娜的家走去,看一眼乌黑的窗子。

"这是欺骗,欺骗……"他暗想,记起今天中午她在比丘果夫家里遇见他,答应今天傍晚跟他一块儿去划船。

基利林住着的那所房子里,窗子是黑的,大门口的一条长凳上坐着一个警察,睡着了。阿奇米安诺夫看一眼窗子,瞧一下警察,心里全明白了。他决定回家,就往前走，可是又走到娜杰日达·费多罗芙娜的住所附近。在这儿，他在一条长凳上坐下，脱掉帽子。他又嫉妒又委屈，脑袋发热了。

城里的教堂一天只有两次敲钟报时辰：中午和午夜。它敲钟报过午夜以后不久，就传来了匆忙的脚步声。

"那么明天傍晚再到缪利多夫家里去！"阿奇米安诺夫听到有人在说话，而且听出那是基利林的嗓音，"八点钟。再见！"

娜杰日达·费多罗芙娜在篱栅附近出现了。她没注意到阿奇米安诺夫坐在长凳上，却像影子似的在他面前走过去，推开便门，也没关上，就走进正房去了。她走到自己房间里，点上蜡烛，很快地脱掉衣服，然而没有上床躺下，却在一把椅子面前跪下，伸出胳膊抱住它，把额头抵在椅子上。

拉耶甫斯基两点多钟回到家里。

十五

拉耶甫斯基决定不把谎话一下说完,而要点点滴滴地说下去,于是第二天下午一点多钟到萨莫依连科家去借钱,为的是星期六一定可以动身。自从他昨天发过癔病,给他的郁闷心境新添了一种尖锐的羞愧感觉以后,他觉得再在这个城里住下去就变成不堪设想的事了。如果萨莫依连科坚持他的条件,他想,那也不妨同意他的条件,把钱拿到手,到明天临动身,再推说娜杰日达·费多罗芙娜不肯走就行了。今天傍晚他总可以把她说服:这样做都是为她好。假如萨莫依连科受到冯·柯连的明显影响,根本不肯借钱,或者提出什么新的条件,那么他,拉耶甫斯基,今天就搭货轮动身,要不然,索性坐上一条帆船,到新阿丰或者新罗西斯克,在那儿住下,给他母亲发出一封低声下气的电报,等他母亲给他汇来路费再走。

他走进萨莫依连科家,正巧在客厅里碰见冯·柯连。动物学家刚到这儿,是来吃午饭的,他照例翻开照相簿,端详那些戴礼帽的男人和戴包发帽的女人。

"多么不凑巧,"拉耶甫斯基看见他,心里暗想,"他会碍事的。"

"您好!"他说。

"您好!"冯·柯连回答说,眼睛没有瞧他。

"亚历山大·达维狄奇在家吗?"

"在家。他在厨房里。"

拉耶甫斯基就往厨房走去,可是在门口看见萨莫依连科正忙着做凉拌菜,就回到客厅里坐下来。有动物学家在座,他素来觉得别扭,现在他生怕讲起他的癔病。他们在沉默中过了一分多钟。冯·柯连忽然抬起眼睛来看着拉耶甫斯基,问道:

"您昨天发过病,现在觉得怎么样?"

"挺好,"拉耶甫斯基说,脸红了,"实际上,没什么大不了的。……"

"在昨天以前,我一直以为只有女人才会发癔病,所以起初我认为您发了舞蹈病。"

拉耶甫斯基一面做出讨好的笑脸,一面暗想:

"他也未免太不体谅人了。他分明知道我心情沉重。……"

"是的,那是件可笑的事,"他说,仍旧赔着笑脸,"我今天笑了一个早晨呢。在癔病发作的当儿,你明知它荒谬,心里觉得可笑,可是同时你却又痛哭,这真是稀奇古怪。在我们这个神经紧张的时代,我们都成了神经的奴隶,神经变成我们的主人,由着性儿摆布我们。在这方面,文明给我们帮了倒忙。……"

拉耶甫斯基滔滔不绝地说下去,却觉得不自在,因为冯·柯连严肃而且专心地听他讲话,专心地瞧着他,眼睛都不眨,仿佛在研究他似的。他也恼恨自己,因为尽管他不喜欢冯·柯连,却无论如何也不能收起他脸上那种讨好的笑容。

"话虽如此,"他继续说,"我也得承认,这次发病是有直接原因的,而且是相当重要的原因。近来我的身体大不如前了。此外还有烦闷,经常缺钱用……缺少朋友和共同的兴趣。……我的处境糟透了。"

"对,您的处境是没有出路的。"冯·柯连说。

这句平静而冷漠的话不知包含着讥诮还是唐突的预言,反正它弄得拉耶甫斯基感到受了侮辱。他回想昨天动物学家那种充满讥诮和厌恶的眼光,就沉默了一会儿,而且不再微笑,问道:

"您是从哪儿知道我的处境的?"

"您自己刚刚说过。再者,您的朋友们对您也那么热切地关心,弄得人成天价老是听到您的事。"

"什么朋友?您说的是萨莫依连科吧?"

"对,他也在内。"

"我要请亚历山大·达维狄奇和我所有的朋友少为我的事操心。"

"等萨莫依连科来了,您自己可以要求他少为您的事操心。"

决　斗　集

"我不懂您为什么用这样的口气说话……"拉耶甫斯基嘟哝道。他忽然产生一种感觉,好像他直到此刻才明白动物学家痛恨他,看不起他,嘲弄他,动物学家是他最凶恶的、不共戴天的仇人似的。"请您对别的什么人去用这种口气说话。"他轻声说道,满腔憎恨,没有力气大声说话了。这种憎恨如同昨天想笑的欲望那样充塞着他的胸膛和喉咙。

萨莫依连科走进来,没有穿上衣,由于厨房里闷热而大汗淋漓,涨红了脸。

"哦,你来了?"他说,"你好,老兄。你吃过饭了吗? 别客气,你说吧:吃过饭没有?"

"亚历山大·达维狄奇,"拉耶甫斯基站起来说,"假如我对你提出什么私人的请求,这并不等于说我容许你不承担说话慎重和尊重别人的秘密的义务。"

"怎么回事?"萨莫依连科惊讶地问。

"要是你没有钱,"拉耶甫斯基接着说,提高嗓门,激动得不住地调动两只脚,"那你就不要给我钱,回绝我,何必到大街小巷去宣扬,说我的处境没有出路之类的话呢?这样的行善,这样的给朋友帮忙,口惠而实不至,我受不了!你要吹嘘你的善行,管自去吹嘘就是,可是谁也没有给你权利去张扬我的秘密!"

"什么秘密?"萨莫依连科问道,摸不着头脑,开始生气了,"如果你是来骂人的,那你就给我走开。以后再来!"

他想起一个老办法:每逢自己对别人生气的时候,心里暗自从一数到一百,就会平静下来。他就很快地数着。

"我请求你们不要为我的事操心!"拉耶甫斯基接着说,"别管我的事。我做什么事,我怎样生活,这跟别人有什么相干? 不错,我想离开此地! 不错,我欠下债,我喝酒,我跟别人的妻子同居,我发过癔病。我庸俗,不像有些人那么思想深刻,可是这跟外人有什么相干? 要尊重别人!"

"你,老兄,对不起,"萨莫依连科说,数到三十五了,"可是……"

"要尊重别人!"拉耶甫斯基打断他的话,"这样不断地议论别人的事情,大惊小怪,刺探隐私,偷听秘密,这种友好的关怀……都见鬼去吧!借给我钱,却要提什么条件,把我当小孩子看待!看不起我,不知把我当成什么东西!我什么也不要!"拉耶甫斯基叫道,激动得身子摇摇晃晃,生怕自己又发癔病。"那么,我星期六走不成了。"这个想法在他脑子里闪过。他又说:"我什么也不要!只是我请求你们,劳驾,不要对我严加看管!我不是小孩子,也不是疯子,我请求取消对我的管束。"

助祭走进来了。他看见拉耶甫斯基脸色苍白,挥动胳膊,面对沃龙佐夫公爵的肖像发表古怪的演说,不由得在门口站住不动了。

"这种对我灵魂的经常窥探,"拉耶甫斯基接着说,"侮辱了我个人的尊严,我要求那些自告奋勇的暗探停止他们的刺探!够了!"

"你……您说什么?"萨莫依连科已经数完一百,涨红了脸,走到拉耶甫斯基跟前,问道。

"够了!"拉耶甫斯基又说一遍,上气不接下气,拿起帽子。

"我是俄国医生,我是贵族,我是五等文官!"萨莫依连科一板一眼地说。"我从来也没做过暗探,我不容许任何人侮辱我!"他声嘶力竭地嚷着,使劲念出最后两个字,"闭嘴!"

助祭从没见过大夫这样威风凛凛,神气活现,涨红了脸,神态吓人,就用手捂住嘴,跑到门厅去,放声大笑。仿佛隔着一层迷雾似的,拉耶甫斯基看见冯·柯连站起身来,把手插进裤袋里;从他站立的姿态看来,好像他在等着瞧以后会发生什么事似的。拉耶甫斯基觉得这种镇静的姿态傲慢到了极点,具有很大的侮辱性。

"请您把您的话收回去!"萨莫依连科嚷道。

拉耶甫斯基这时候已经记不得他说过什么话了,

决 斗 集

回答说：

"躲开我！我什么也不要！我只要求您和那些犹太种的德国人①躲开我！要不然我就要采取行动！我就要动手打人！"

"现在我们明白了，"冯·柯连说，从桌子的另一边走过来，"拉耶甫斯基先生打算在临行之前举行一次决斗来消遣一下。我可以奉陪。拉耶甫斯基先生，我接受您的挑战。"

"挑战？"拉耶甫斯基低声说道，走到动物学家面前，带着憎恨瞧着他那晒黑的额头和拳曲的头发，"挑战？挑战就挑战！我恨您！恨您！"

"遵命。明天一清早在凯尔巴莱小饭铺附近。一切细节全按您的意思安排。现在请您滚出去。"

"我恨您！"拉耶甫斯基气喘吁吁地低声说，"我早就恨您了！决斗！行！"

---

① 按冯·柯连这个姓氏来看，那位动物学家祖籍是德国。

"把他赶出去,亚历山大·达维狄奇,要不然我走,"冯·柯连说,"他要咬我了。"

冯·柯连的沉着口气倒弄得医生冷静下来了。不知怎的,他忽然清醒过来,头脑清楚了,就伸出两条胳膊搂住拉耶甫斯基的腰,把他从动物学家面前拉开,用激动得发颤的亲热声调嘟哝着:

"我的朋友们……善良的好朋友们……大家发了一阵脾气,也就够了……够了。……我的朋友们……"

拉耶甫斯基听见这种柔和而且友好的声调,才感到刚才他的生活里发生了一件从来也没有过的极可怕的事,仿佛差点被一列火车轧死似的,他几乎哭出来,就摆一摆手,跑出房间去了。

"你自己经受着别人对你的憎恨,却又在憎恨你的人面前露出一副极可怜、极可鄙的狼狈相,我的上帝啊,这多么叫人难受!"过了一会儿,他在卖饮食的亭子里坐着,暗自想道,觉得全身仿佛由于刚才受到别人的憎恨而长上锈似的,"这是多么粗俗啊,我的上帝!"

凉水和白兰地使他的精神振作起来。他清楚地想象着冯·柯连镇静而傲慢的面容、他昨天的目光、他那件跟毯子差不多的衬衫、他的声调、他那双白净的手;于是有一种强烈的、难以忍受的刻骨仇恨在他胸膛里翻腾起来,急切地要求报复。他在想象中把冯·柯连打倒在地,用脚踩他。他把刚才发生的事,前前后后,一点一滴,统统想起来了,不禁暗自惊讶:他怎么会对一个微不足道的人做出讨好的笑脸,而且一般说来,怎么会重视那些住在可怜的小城里浅薄而默默无闻的小人物的见解,像这样的小城大概在地图上是找不到的,彼得堡的上流人也一个都不会知道。即使这个小城忽然坍塌,或者被火焚毁,全俄国的读者看到这条电讯,也会觉得乏味,就跟看到售卖旧家具的广告一样。明天冯·柯连中弹毙命也好,活在人间也好,反正都是一样,同样无益和乏味。顶好是一枪打中他的腿或者胳膊,叫他受点伤,然后讪笑他,让他像一只昆虫断了腿而消失在草丛中那样,带着他不敢明说的痛苦消失在一群跟他同样渺小的人当中。

拉耶甫斯基到谢希科甫斯基家去,把这件事原原本本地讲给他听,请他做证人。随后他们两人动身去找邮电局局长,请他也做证人,并且在他家里吃了饭。吃饭的时候,他们说了很多笑话,笑了很久。拉耶甫斯基还嘲笑自己,说他几乎完全不会开枪,可是却把他自己叫作皇家射击手和威廉·退尔①。

"应当给这位先生一点教训……"他说。

饭后,他们坐下来打牌。拉耶甫斯基打牌,喝葡萄酒,暗想:一般说来,决斗是愚蠢而毫无道理的,因为它不能解决问题,反而把问题弄得更复杂,不过呢,有的时候缺了它倒也不行。例如在眼前这个事例中就是这样。你总不能拉着冯·柯连到调解法官那儿去告状啊!而且这次决斗也自有好处,因为这以后他就不能

---

① 瑞士民间传说中的英雄,是个神箭手。

再在这个城里住下去了。他微微有点醉意,打牌兴致很高,觉得心情畅快。

可是等到太阳西下,天黑下来,他却心神不定了。他倒并不是怕死,因为他吃饭和打牌的时候,不知什么缘故,心里一直相信这场决斗会无结果而散;他是害怕明天早晨他将生平第一次碰到的那件不熟悉的事,也害怕那即将到来的夜晚。……他知道今天晚上会过得很长,睡不着觉。他一定会不仅想到冯·柯连和他的憎恨,而且会想到那座他必须越过的虚伪的大山,他可没有力量和本领避开这座大山。他仿佛突然害了病,一时间对纸牌和人们失去了兴趣,坐立不安,开始要求大家让他回家去。他一心想赶快上床,然后一动也不动,准备好思考一夜。谢希科甫斯基和邮局官员就送他回去,然后到冯·柯连家里去商量决斗的事。

拉耶甫斯基在他的寓所附近遇见了阿奇米安诺夫。这个年轻人喘着气,神情激动。

"我正在找您,伊凡·安德烈伊奇!"他说,"我请您赶快去一趟。……"

"到哪儿去?"

"有一位您不认识的先生要见您,他有一件对您关系重大的事。他恳求您务必到他那儿去一会儿。他有话要跟您谈。……这件事对他来说无异于生死问题。……"

阿奇米安诺夫很兴奋,说这些话的时候带着浓重的亚美尼亚土音,把"生"念成"绳"了。

"他是什么人?"拉耶甫斯基问道。

"他要求我不要说出他的姓名。"

"请您对他说我很忙。要是他乐意,明天再谈吧。……"

"那怎么成!"阿奇米安诺夫惊恐地说,"他想跟您谈一件对您关系重大的事……很要紧的事!要是您不去,就会发生不幸的事了。"

"奇怪……"拉耶甫斯基嘟哝说,不明白阿奇米安诺夫为什么这么激动,不明白在这个谁都不需要和乏味的小城里会有什么秘密。"奇怪,"他在沉思中又说一遍,"不过,去就去吧。反正也没关系。"

阿奇米安诺夫很快地在前面走,他跟在后面。他们走完大街,就拐进一条巷子。

"这多么乏味啊。"拉耶甫斯基说。

"马上就到了,马上就到了。……近得很。"

在旧围墙附近,他们穿过一条夹在两堵墙之间的窄巷子,墙外是空地。然后他们走进一个大院子,往一所不大的房子走去。……

"这是缪利多夫的家吧?"拉耶甫斯基问道。

"对了。"

"可是我不懂:为什么我们从后院走进来呢?我们本来可以走大街。那样近多了。……"

"没关系,没关系。……"

还有一件事也使拉耶甫斯基觉得蹊跷:阿奇米安诺夫把他领到那所房子后门口,对他摆摆手,好像要他放轻脚步走进去,不要开口说话。

"往这边走,往这边走……"阿奇米安诺夫说着,小心推开后门,踮起脚尖走进过道,"轻一点,轻一点,我求求您。……他们会听见的。"

他仔细听了听,费力地呼出一口气,小声说:

"喏,您推开房门,走进去。……不用害怕。"

拉耶甫斯基糊里糊涂,推开房门,走进一个房间,天花板低矮,窗子下了窗帘。桌上放着一支蜡烛。

"找谁?"有人在隔壁房间里问道,"缪利德卡,是你吗?"

拉耶甫斯基转向那个房间,走了进去,看见了基利林、娜杰日达·费多罗芙娜就在他的身旁。

他没听见人家对他说了些什么话,只是踉踉跄跄地往后退去,自己也不知道怎么走到街上来了。他对冯·柯连的憎恨以及他的不安,都从灵魂里消失了。他在走回家的路上,笨拙地摆动他的右胳膊,专心地瞧着脚底下,极力在平坦的地面上走路。他回到家里,走进书房,搓着手,笨拙地耸动肩膀和脖子,仿佛他的上衣和衬衫太紧似的。他从这个墙角走到那个墙角,然后点上一支蜡烛,挨着一张桌子坐下来。……

十六

"您所说的人文科学,只有在前进中遇到精密的科学,而且同它们携手并进的时候,才能满足人类的思想。至于它们究竟会在显微镜下面相遇,还是在一个新的哈姆雷特的独白中相遇,或者在一种新的宗教中相遇,那我就不得而知了;不过,我想,地球等不到这件事发生,就已经蒙上一层冰壳了。在所有的人文知识当中最稳定和最富于生命力的当然莫过于基督的教义;不过您注意看一下,就连对于这个教义,也有多么不同的理解啊!有的人教导说:我们应该爱一切人,同时却又把兵士、罪犯、精神病人除外。他们允许兵士在战争中被杀,允许罪犯被隔离,被处死,禁止精神病人结婚。另一些解释者又教导说:必须爱一切人,不分好坏,没有例外。按照他们的教导,那么,如果有一个结核病人,或者一个杀人犯,或者一个癫痫病患者到您这儿来,要求跟您的女儿结婚,您就得把女儿嫁给他。如果白痴殴打身心健康的人,那您也得把脑袋送上去。这种为爱而爱的说教如同为艺术而艺术一样,要是得了势,就会使得人类最后完全绝种,从而犯下古往今来人间犯过的罪行中最大的罪行。解释是很多的,既然多,严肃的思想也就不会对其中的任何一个解释感到满足,只会在那一大堆解释中匆匆忙忙添上它自己的解释罢了。所以绝不应该照您所说的那样,在哲学的或者所谓基督教的基础上提出问题。要是照那样做,您反而没法解决问题了。"

助祭注意地听着动物学家的话,想了一想,问道:

"每个人所固有的道德准则究竟是由哲学家臆造的呢,还是上帝创造人的时候连同肉体一并创造出来的?"

"我不知道。然而这种准则在一切民族和一切时代都普遍存在;因此我觉得,应当承认,它是跟人类有机地联系在一起的。它不是臆造的,而是现在存在,将来也会存在下去的。我不会对您说,日后有一天可以在显微镜下看见它,可是这种有机的联系却有明显的事实可以证明:据我所知,脑子的严重疾病以及一切所谓的精神病,首先表现在破坏道德准则上。"

"好。那么,如同胃要求吃东西一样,我们的道德感要求我们爱别人。是这样吧?然而我们天然的本性却爱自己,因而抵制良心和理智的呼声,于是产生许多伤脑筋的问题。如果您不许在哲学基础上提出这些问题,那我们应当找谁去解决这些问题呢?"

"要到我们目前掌握不多的精密的科学知识那儿去找。要相信不容置疑的事实以及事实的逻辑。不错,这种知识还很少,然而它不像哲学那样不稳定,那样含混。我们姑且假定道德准则要求您爱别人。那又怎样呢?爱无非是消除现在和将来用这样那样的方式危害人们和以各种危险威胁人们的一切东西。我们的知识和明显的事实告诉您说,身心不正常的人所造成的危险威胁着人类。如果是这样,就该与这些不正常的人进行斗争。倘使您没有力量把他们提高到正常的水平上来,那么您总有足够的力量和本领使他们不产生危害作用,也就是说,消灭他们。"

"那么爱就是强者征服弱者?"

"这是毫无疑问的。"

"可是要知道,我们的主耶稣基督就是被强者钉死在十字架上的!"助祭激昂地说。

"问题就在于把他钉死在十字架上的并不是强者,而是弱者。人类的文化削弱而且极力取消生存竞争和自然淘汰;因此弱者迅速繁殖,造成对强者的优势。您不妨设想一下,您把人道的思想按照它原来的基本形式成功地灌注到蜜蜂的脑子里,这会发生什么后果?本来应该被处死的雄蜂就会活下来,吃光蜂蜜,使蜜蜂腐化,而且摧残它们,结果就造成弱者对强者的优势以及强者的退化。现在人类发生的情形也正是这样：弱者压迫强者。在至今还没接触到文化的野蛮人那里，最强的、最聪明的、最有道德的总是走在前头，他总是领袖和统治者。我们这些有文化的人，却把基督钉在十字架上，而且继续在钉他。可见我们缺少某种东西。……我们得在我们身上恢复这'某种东西'才行，要不然，这类错误就没有完结的一天了。"

"可是您用什么标准来区别强者和弱者呢？"

"知识和不容置疑的事实。人们是根据病情来认出结核病人和瘰疬病人的；而不道德的人和疯子则要根据他们的行动认出来。"

"不过要知道，可能认错的！"

"对。可是，既然受着洪水的威胁，就不用怕沾湿脚。"

"这是哲学。"助祭说，笑起来了。

"一点也不是。您已经给您的宗教哲学教坏了，因此您在一切东西里都只想看见迷雾。您那年轻的头脑塞满了抽象的学问，这种学问之所以说是抽象的，就是因为它使您的头脑不顾明显的事实。您得直视魔鬼,如果他是魔鬼,您就说他是魔鬼,用不着跑到康德或者黑格尔那儿去寻求解释。"

动物学家沉吟一下,接着说:

"二乘二等于四,一块石头就是一块石头。明天我们要去决斗。您和我都会说,这愚蠢,荒谬,说决斗早已过时,说上流人的决斗和下等酒店里的醉后斗殴实际上没有什么分别,然而我们仍然不会就此罢休,仍然会去厮杀。可见有着一种比我们的理性强大的力量。我们嚷着说战争是掠夺,是野蛮,是惨祸,是自相残杀,我们一看到鲜血就会昏厥;可是只要法国人或者德国人侮辱我们,我们就顿时感到精神奋发,真心诚意地喊着乌拉,冲上前去攻打敌人,您就会祈求上帝祝福我们的武器,我们的勇敢就会激起普遍而又真诚的热忱。这又可以证明,确实存在这样一种力量,它即使不比我们以及我们的哲学高明,至少也比它强大。我们拦不住它,就跟拦不住眼前从海那边拢过来的乌云一样。不要假仁假义,不要背地里对这种力量做鬼脸,也不要说什么:'哎呀,愚蠢啊!哎呀,过时啦!哎呀,不符合《圣经》上的道理呀!'要面对面地瞧着它,承认它的合理合法性,而且,比方说,遇到它打算消灭一个虚弱的、多病的、腐败的民族,您也不要用您那些药丸以及从《福音书》上摘下来的那些理解得不对头的话来阻挠它。列斯科夫①写过一个有良心的达尼拉②,他在城外发现一个麻风病人,就用爱和基督的名义供他吃饭,给他穿暖。要是这个达尼拉真的爱人们,他就该把麻风病人拉走,越远越好,然后丢在一条沟里。他应该为健康的人服务。我想,基督教导我们的是一种合情合理而又有益的爱。"

"您这个人可真怪!"助祭笑着说,"您并不信仰基督,可是您为什么老是提到他呢?"

"不,我信仰的。不过当然,那是按我的方式而不

---

①② 列斯科夫(1831—1895),俄国作家。达尼拉是他的短篇小说《有良心的达尼拉轶事》中的主人公。——俄文本编者注

是按你们的方式信仰的。啊,助祭呀,助祭!"动物学家说,笑起来。他搂住助祭的腰,快活地说:"嗯,怎么样?明天一块儿到决斗的地方去吗?"

"我的教职不允许我去,要不然,我倒是会去的。"

"'教职'是什么意思?"

"我受了圣职。我已经受到神恩了。"

"啊,助祭呀,助祭,"冯·柯连又笑着说,"我喜欢跟您谈天。"

"您说您有信仰,"助祭说,"那是什么样的信仰呢?喏,我有个叔叔,是个神甫,他信得那么虔诚,每逢天旱,他就到旷野上去求雨,总是随身带着一把雨伞和一件皮革的大衣,免得回来的路上让雨淋湿。这才不愧为信仰!他一讲起基督就神采焕发,村中的男男女女,都听得放声痛哭。他能够挡住这块乌云,能够把您所说的那种力量打得望风而逃。对了。……信仰能够移山倒海呀。"

助祭笑起来,拍了拍动物学家的肩膀。

"是啊……"他接着说,"瞧,您时时刻刻教导穷人,探索海洋的深处,区别弱者和强者,著书立说,要求决斗,可是人间万物并没有起什么变化。您瞧着吧,说不定会有一个衰弱的老头子由于圣灵附体而嘟哝出一个词儿,或者有个新的穆罕默德骑着马,手持马刀从阿拉伯奔驰而来,于是人间万物就会翻个身,在欧洲再也没有一块石头还能安安稳稳地压在另一块石头上。"

"喂,助祭,这可是越说越玄了!"

"光有信仰而缺乏行动,那种信仰是死的,可是,光有行动而缺乏信仰,那就更糟,无非是白费时间而已。"

医生在堤岸上露面了。他看见助祭和动物学家,就走到他们这边来。

"好像什么都准备好了,"他说,喘着气,"戈沃罗甫斯基和包依科做证人。他们明天早晨五点钟动身。乌云密布!"他看一眼天空说,"什么都看不见。马上就要下雨了。"

"我想,你会跟我们一块儿去吧?"冯·柯连问。

"不,求上帝保佑,我就是不去也已经够苦恼的了。乌斯契莫维奇会替我去的。我已经跟他谈过了。"

远处,海洋上空电光一闪,传来闷声闷气的隆隆雷声。

"在暴风雨之前,天气多么闷啊!"冯·柯连说,"我敢打赌,你已经到拉耶甫斯基家里去过,扑在他的怀里哭过一场了。"

"我何必到他那儿去呢?"医生回答说,心慌了,"什么话!"

在太阳落下去以前,他确实在林荫道上和大街上来来回回走过好几次,希望遇见拉耶甫斯基。他觉得难为情,因为他发了一阵脾气,而且刚发完脾气,忽然又心慈面软了。他想用开玩笑的口气对拉耶甫斯基道歉,责备他几句,安慰他一下,对他说,决斗是中世纪野蛮风气的残余,不过现在上帝指使他们决斗,却是把决斗当作和解的手段:明天他们这两个极出色的、有大才大智的人各自放过一枪以后,就会尊重彼此的高尚品格,成为朋友。可是他一次也没遇见拉耶甫斯基。

"我何必到他那儿去呢?"萨莫依连科又说一遍,"又不是我侮辱了他,而是他侮辱了我。请你说说看:为什么他跟我过不去?我做了什么对不起他的事?我一走进客厅,他忽然无缘无故地骂我是暗探!这是怎么搞的!你告诉我:这事是怎么开头的?你都对他说了些什么?"

"我对他说他的处境是没有出路的。我的话是对的。只有正人君子和坏蛋才能在任何处境中都找到出路,凡是又想做正人君子又想做坏蛋的人,就不会有出路。不过,诸位先生,现在已经十一点钟,明天我们还得早起。"

突然来了一阵大风,刮起堤岸上的灰尘,把它卷成旋涡;风的呼啸声盖过了海水的哗哗声。

"飓风!"助祭说,"我们得走了,要不然,眼睛就要给迷住了。"

他们就往回走,萨莫依连科拉住帽子,叹一口气,说:

"今天晚上我多半会睡不着觉。"

"你不要激动,"动物学家说,笑起来,"管自放心,这场决斗会无结果而散的。拉耶甫斯基会宽宏大量地朝天放枪,他不会不这样做的。至于我,多半会根本不开枪。为拉耶甫斯基去吃官司,浪费时间,是一点也划不来的。顺便问一句,决斗照规矩要受什么惩罚?"

"逮捕。如果决斗的对手身亡,就要在要塞里坐三年牢。"

"在彼得保罗要塞里?"

"不,大概在军事要塞里。"

"不过,话说回来,那个家伙真应当受点教训才对!"

他们身后的海洋上空闪过一道电光,一时间照亮了房顶和山峦。三个朋友在林荫道附近分手了。医生

消失在黑暗中,脚步声已经听不见,冯·柯连却对他叫道:

"希望明天的天气不会碍我们的事才好!"

"难说呀!求上帝保佑吧!"

"晚安!"

"晚什么?你说什么?"

在大风呼啸、海水咆哮和隆隆的雷声中,很难听清人家说的话。

"没什么!"动物学家嚷着,匆匆地走回家里去了。

十七

……在我那愁闷苦恼的心中,

涌现着许多沉痛的思想;

回忆在我的面前

默默地展开它那冗长的篇章。

我回顾我的生活而感到厌弃,

我诅咒,我战栗,

我伤心抱怨,流下辛酸的眼泪,

然而我不能抹掉这些悲哀的记忆。

——普希金①

不论明天早晨他中弹毙命,还是受人嘲笑(也就是保全性命),反正他是完了。那个丢脸的女人由于绝望和羞耻而自杀也好,悲悲惨惨地活下去也好,反正她也完了。……

夜深人静,拉耶甫斯基坐在桌子边这样想着,一边仍旧不住地搓手。窗子忽然开了,砰的一声响,一股大风刮进房间里来,桌上的纸片飞走了。拉耶甫斯基关上窗子,伛下腰去,拾起地板上的纸片。他觉得他身上似乎新添了一种东西,一种以前没有过的别扭感觉,他觉得自己的动作变了样。他走动起来胆战心惊,胳膊肘往两边伸,肩膀耸动。等到他在桌子旁边坐下,他又

---

① 摘自普希金的诗《回忆》。——俄文本编者注

开始搓手。他的身子不那么灵活了。

在死亡的前夜,人应当给亲人写信。拉耶甫斯基想起了这一点。他拿起钢笔,用颤抖的笔迹写道:

"亲爱的母亲!"

他想在信上对他母亲说,求她看在她所信仰的慈悲的上帝分上收留那个不幸的女人,用她的爱抚使那个女人得到温暖,那个女人给他害得名誉扫地,如今孤身一人,贫穷,孱弱;他求母亲忘掉而且宽恕一切,一切,一切,以她的牺牲多多少少弥补她儿子可怕的罪恶。可是他想起他母亲,一个肥胖笨重的老太婆,早晨怎样戴着花边包发帽,从正房里出来,走进花园,身后跟着食客们和小狮子狗;他想起母亲怎样用蛮横的声调对花匠和仆人嚷叫,想起她的神情如何傲慢,看不起人。他想到这儿,就把他写下来的几个字涂掉了。

天空中电光一闪,三个窗子一齐亮了,接着就响起了震耳欲聋的雷声,起初还闷声闷气,后来却轰隆轰隆,接着是一声霹雳,力量那么猛,震得窗上的玻璃丁零丁零响。拉耶甫斯基站起来,走到窗前,把额头抵在玻璃上。外面,大雷雨雄壮而美丽。天边,闪电像一条条白色的长带,不住地从乌云里钻出来,投进海洋,照亮了远处广阔海面上那些高高的黑色波涛。不论是左边还是右边,大概就连这所房子的上空,都有电光闪亮。

"大雷雨啊!"拉耶甫斯基小声嘟哝着,他生出一种愿望,想对什么人或者什么东西祈祷,哪怕对闪电或者乌云祈祷也行,"可爱的大雷雨!"

他想起他小时候,遇到大雷雨,总是不戴帽子,跑进花园,身后追来两个长着淡黄色头发和淡蓝色眼睛的小姑娘。他们往往被雨淋得全身湿透,高兴得哈哈大笑。然而,每逢天上打一个很响的雷,两个小姑娘总是信赖地偎到这个小男孩身边来,他呢,就在胸前画十字,急忙念道:"神圣的,神圣的,神圣的……"啊,纯洁美好的生活的萌芽,你到哪儿去了?你淹没在什么海洋里了?如今他不再怕大雷雨,也不再喜欢大自然,心里也没有上帝了。他往日认识的那些轻易信赖旁人的小姑娘，如今也被他和他的同辈们给毁了。他这一辈子从来也没在他家花园里栽过一棵树，种过一株草。他生活在生物当中，却没拯救过一只苍蝇，光是破坏，毁灭，以及虚伪，虚伪……

"我过去所干的有哪一件不是坏事？"他问自己，极力要抓住一点点光明的回忆，就像一个落进深渊的人极力抓住草丛似的。

中学吗？大学吗？然而那都是骗局。他的学习成绩很差，学过的东西都忘掉了。为社会服务吗？那也是骗局，因为他在机关任职的时候，什么事也没做，白白地领薪水，他的所谓服务无异于盗窃公款的卑鄙罪行，只是他没有为此而受到法庭惩办罢了。

他素来不需要真理，他也没追求过真理。他的良心给恶习和虚伪蒙蔽，已经昏睡不醒，或者沉默无声了。他像一个局外人，或者一个从其他行星上雇来的人，根本没有参与过人们的共同生活，对人们的痛苦、思想、宗教、知识、探索、斗争等一概漠不关心。他没对人们说过一句善意的话，没写过一行有益的、不庸俗的文字，也没为人们出过一丁点儿力，光是吃他们的面包，喝他们的酒，拐走他们的妻子，靠他们的思想生活。为了在他们面前和自己面前替他这种可鄙的寄生生活辩护，他总是竭力装出一副样子，倒好像他比他们高尚、优越似的。虚伪啊，虚伪，虚伪……

他清楚地想起他在缪利多夫家里看见的那个场面，又是厌恶又是凄凉，心惊肉跳得受不了。基利林和阿奇米安诺夫是可憎的，然而他们只是继续做一件他已经做开头的事情罢了；他们是他的同谋犯和门徒。那个年轻而软弱的女人本来相信他胜过相信她的兄弟，他呢，却使她失去了丈夫、周围的熟人、故乡，把她带到此地来，经受酷暑、热病和烦闷。她每天不得不像镜子似的映出他的懒惰、堕落、虚伪，她用这些，仅仅这些，来填满她那软弱的、懈怠的、可怜的生活。后来他腻烦她，憎恨她了，可是没有足够的勇气丢开她，他便极力用虚伪像蛛网似的把她缠起来,越缠越紧。……剩下来的事那些人就接着干了。

拉耶甫斯基时而在桌旁坐下,时而又走开,往窗前走去。他一会儿吹熄蜡烛,一会儿又点上。他嘴里念叨着诅咒自己的话,哭泣,抱怨,请求原谅。他有好几次绝望地跑到桌旁,写道:"亲爱的母亲!"

除了母亲以外,他没有任何亲人和朋友了。可是他母亲怎么能够帮助他呢?而且她在哪儿呢?他想跑到娜杰日达·费多罗芙娜那儿去,扑在她的脚下,吻她的手和脚,请求她原谅他。然而她是受害于他的人,他怕见她,仿佛她已经死了似的。

"我的生活已经毁了!"他喃喃地说,搓着手,"可是为什么我还活着呀,我的上帝!……"

他已经把他那颗昏暗的星从天空摘掉,那颗星已经落下来,它的踪迹就此同夜晚的黑暗混合在一起了。它再也不会回到天上,因为生命只有一次,不会有第二回。假使过去的岁月能够重新回来,那他就会用真实来代替过去的虚伪,用劳动来代替过去的懒惰,用欢乐来代替过去的烦闷,他就会把他从别人那儿夺来的纯洁交还本人,就会找到上帝和正义。然而这已经不可能了,就跟落下来的星不可能回到天上一样。正因为这是不可能的,他就灰心绝望了。

等到大雷雨过去,他就在敞开的窗口旁边坐下,平心静气地想着他眼前就要遇到的事。冯·柯连大概会开枪把他打死。这个人明确而冷酷的世界观容许他消灭虚弱而不中用的人。即使临到千钧一发的时刻他的看法变了,那么平时拉耶甫斯基在他心里激起的痛恨和嫌恶也会来帮他的忙。不过,假如他没有打中,或者为了嘲弄他所痛恨的对手而只打伤他,或者对空中放枪,那又该怎么办呢?他该到哪儿去好呢?

"到彼得堡去吗?"拉耶甫斯基问自己,"可是这等于重新开始过我目前诅咒的旧生活。凡是希望像候鸟那样变换一下地点就能得救的人总是会一无所获,因为对他来说地球上到处都是一样。到人们当中去寻找救星吗？那么到什么人当中去找,怎样找法呢？萨莫依连科的善良和慷慨,就像助祭爱笑的脾气或者冯·柯连的憎恨一样,并没有挽救人的力量。人只应当在自身寻找救星,如果找不到,那就不必枉费时间,干脆自杀了事。……"

传来马车的辘辘声。天已经亮了。一辆四轮马车走过他家门前,然后转了个向,车轮吱吱嘎嘎在潮湿的沙地上响着,马车在他的房子附近停住了。四轮马车里坐着两个人。

"请你们等一等,我马上就来!"拉耶甫斯基在窗口对他们说,"我没睡觉。莫非已经到时候了？"

"是啊。四点钟了。等我们到那边……"

拉耶甫斯基穿上大衣,戴上帽子,把纸烟放在口袋里,站住,沉思起来。他觉得好像还有一件什么事需要做似的。街上,两个证人轻声谈话,马儿喷鼻子。在这潮湿的清晨,大家都在睡觉,天刚发亮的时候,这些声音使得拉耶甫斯基心里充满了愁绪,就像一种不祥的预感。他在沉思中呆站了一会儿,然后向寝室走去。

娜杰日达·费多罗芙娜平躺在床上,挺直身体,从头到脚盖着一条方格毛毯。她一动也不动,她那样儿,特别是她的头部,让人联想到埃及的木乃伊。拉耶甫斯基默默地瞧着她,心里暗暗求她原谅,同时思忖着:如果天上不是空的,那儿真有上帝,那么他就会保佑她;假如没有上帝,那就索性让她死了吧,她无须活下去了。

忽然,她跳起来,在床上坐定。她抬起苍白的脸,恐惧地瞧着拉耶甫斯基,问道:

"是你吗?大雷雨过去了?"

"过去了。"

她想起过去的事,就两只手抱住头,周身发颤。

"我多么难过呀!"她说。"要是你知道我多么难过就好了!我本来料着,"她眯细眼睛,接着说,"你会弄死我,或者把我赶出这所房子,叫我到雨里,到大雷雨里去,可是你一直没动静……一直没动静。……"

他猛然紧紧地搂住她,不住地吻她的膝盖和手。后来,她喃喃地对他说着什么,回想过去的事而发抖,他就摩挲她的头发,仔细看她的脸,心里明白过来:这个不幸的、不规矩的女人,对他来说,才是唯一贴近的、亲密的、无可代替的人。

等到他走出家门,坐上马车,他就希望活着回家来了。

十八

助祭起床,穿好衣服,拿起满是疤痕的粗手杖,悄悄走出家门。外面漆黑一片,助祭在街上走动,起初连他的白手杖都看不见。天上一颗星也没有,像是又要下雨了。空中弥漫着湿沙地和海水的气味。

"大概不会有车臣人来拦路抢劫吧。"助祭暗想,听他的手杖敲打路面的声音,这种声音在夜晚的寂静中显得响亮而孤单。

他走到城外,开始看见道路,也看见自己的手杖了。乌黑的天空东一处西一处现出昏暗的斑点,不久有一颗星露面了,胆怯地眨着它那只独眼。助祭在高高的石岸上走路,看不见海。海在下面睡着了,肉眼看不见的海浪懒洋洋地、沉甸甸地拍打着海岸,仿佛在叹气:唉!而且,多么慢呀!一个浪头打过来,助祭数着自己走完八步路,才有另一个浪头打过来,再数完六步,才来第三个浪头。这儿也是什么都看不见,黑暗中只能听见懒洋洋的、带着睡意的海水声,这就使人仿佛听见了无限遥远和难于想象的时代,也就是当初上帝在全世界的一片混沌中走来走去的时代。

助祭觉得毛骨悚然。他暗想,如今他跟不信教的人来往,甚至去观看他们的决斗,只求上帝不要因此惩罚他才好。这次决斗没什么了不起,不致流血,滑稽可笑,然而不管怎样,那类景象是邪魔歪道,宗教界的人在决斗的场面里出现总是完全不成体统的。他停下来,暗想:要不要回去呢?然而强烈的、不安的好奇心战胜了他的游移,他往前走去。

"他们虽然不信教,却都是好人,会得救的。"他安慰自己。"他们一定会得救!"他说出声来,点上一支纸烟。

要用什么尺度来衡量人们的品格才能公正地评断他们呢?助祭想起自己的仇人,宗教学校的学监,他既信仰上帝,又不跟人决斗,守身如玉,然而那时候他却常把掺进沙土的面包拿给助祭吃,有一次几乎拧掉助祭的耳朵。如果人类的生活变得莫名其妙,学校里的人竟然都尊敬这个残忍而不正直的、盗窃国家面粉的学监,为他的健康和得救祷告上帝,那么,只因为冯·柯连和拉耶甫斯基不信教就避开他们,难道是公正的吗?助祭正在考虑这个问题,可是这时候,不由得想起昨天萨莫依连科的样子多么可笑,这就把他的思路打断了。明天他们会开多么有趣的玩笑啊!助祭暗自想象,等一会儿他坐在一丛灌木后面偷看,然后,第二天吃午饭的时候,冯·柯连开口夸耀决斗的事,他,助祭,就会带着笑声把这场决斗的经过详详细细讲给他听。

"这些您都是怎么知道的?"动物学家会问。

"就是啊。我坐在家里,可是我都知道了。"

要是能把这次决斗描写得滑稽逗笑就好了。他的岳父读到这样的描写就会笑起来。他岳父连饭都宁可不吃,只要你给他讲一件可笑的事,或者写信告诉他就行。

黄溪流过的那道峡谷在他面前展开了。下过雨后,小溪变得宽阔而湍急,溪水不像先前那样潺潺地流,而是哗哗地流了。天开始破晓。阴沉昏暗的清晨,往西边游去、追踪雨云的浮云,被迷雾环绕的山峦,潮湿的树木,——这一切在助祭看来都显得难看而可怕。他凑着溪水洗了一把脸,念过晨祷,很想喝一点每天早晨在岳父家里必定端上桌子的茶,吃一点他们家里那种加了酸奶油的热的油炸饼。他不由得想起他的妻子以及她经常在钢琴上弹奏的《一去不复返的时光》。她是个什么样的女人呢?从助祭跟她相识起,一直到求婚和结婚,前后只有一个星期。他跟她共同生活不满一个月,他就被派到这儿来了,因此他至今还没弄清楚她是个什么样的人。不过她不在,他不免闷得慌。

"应当给她好好写一封信才是……"他暗想。

小饭馆上头的一面旗淋了雨,耷拉下来。小饭馆本身以及潮湿的房顶也显得比以前黑,比以前矮了。小饭馆门前停着一辆大车。凯尔巴莱,另外两个阿布哈兹人,一个穿着灯笼裤的年轻的鞑靼女人(想必是凯尔巴莱的妻子或者女儿),从小饭馆里抬出一袋袋东西,放在大车的玉米秸上面。大车附近站着一对驴,耷拉着脑袋。两个阿布哈兹人和鞑靼女人放好那些口袋后,拿些玉米秸盖在上面,凯尔巴莱则匆匆忙忙地把那些驴套到大车上。

"大概是走私吧。"助祭暗想。

瞧,这就是一棵倒下来的树和它干枯的针叶。瞧,这就是篝火留下来的一块黑地。他不由得想起那次野餐以及当时的种种情形,想起那堆火、阿布哈兹人的歌声、希望做主教的美妙幻想、宗教行列。……黑溪添了雨水,变得更黑更宽了。助祭小心地走过一道单薄的小桥,溪里混浊的浪头已经碰到小桥了。他爬上小梯子,走进一个晾玉米的棚子。

"出色的头脑!"他在玉米秸上躺下来,想到冯·柯连,"真是很好的头脑,上帝保佑他吧。只是他未免残酷。……"

为什么他恨拉耶甫斯基,拉耶甫斯基也恨他呢?为什么他们要决斗呢?如果他们从小就经受过助祭遭到的那种贫困,如果他们是在愚昧、铁石心肠、一心想发财而抱怨家人白吃饭、态度粗暴野蛮、随地吐痰并且在吃饭和祈祷的时候不住地打嗝的人们当中长大,如果他们没有从小被安乐的生活环境和周围的上流人们惯坏;那么,他们会多么友好,多么乐于原谅对方的缺点,多么珍视彼此的优点啊。要知道,这个世界上就连外表正派的人都很少呢! 不错,拉耶甫斯基轻浮,放荡,古怪;可是毕竟他不贪污,不朝地板大声吐痰,不抱怨妻子,说她"光吃饭不干活",不拿缰绳抽打孩子,不给仆人吃臭烘烘的腌牛肉,难道这还不足以使人用宽容的态度对待他吗?再者,要知道,他是由于他的缺点而首先遭受痛苦的人,就像病人由于伤口而痛苦一样。他们与其出于烦闷无聊,出于某种误会而在彼此身上寻找什么退化啦,绝种啦,遗传性啦,以及其他种种难以理解的东西,还不如到下面去,把痛恨和愤怒用到另外的地方去,用到由于粗野、愚昧、贪财、抱怨、污秽、詈骂、女人的尖叫而使许多街道充满呻吟声的地方去……

远处传来马车的辘辘声,打断了助祭的思路。他从门口向外张望,看见一辆四轮马车,车上坐着三个人:拉耶甫斯基、谢希科甫斯基和邮电局长。

"停住!"谢希科甫斯基说。

三个人都下了马车,你看着我,我看着你。

"他们还没来,"谢希科甫斯基说着,抖掉身上的尘土,"怎么样?趁这出戏还没开锣,我们先去物色一个合适的地点。这儿转不开身。"

他们就顺着溪岸,往上游走去,不久就不见了。车夫是个鞑靼人,坐在四轮马车上,脑袋耷拉在肩膀上,睡着了。等了十分钟光景,助祭从棚子里走出来,生怕被人发现,就脱掉黑色帽子,伛下身去,往四下里看,开始沿着溪岸在灌木丛里和玉米田里钻来钻去。树上和灌木上的大水珠纷纷洒到他身上来,青草和玉米是湿的。

"丢脸!"他提起潮湿的、粘了泥的底襟,嘴里嘟哝着,"早知道这样,我就不来了。"

不久他听见说话声,看见人了。拉耶甫斯基把手揣在袖子里,伛着腰,在一块不大的林中草地上很快地走来走去。他的证人们站在溪岸旁边卷纸烟。

"奇怪……"助祭暗想,认不出拉耶甫斯基的步态来了,"他像个老头子了。"

"他们也未免太不礼貌了!"邮务官员说,看了看他的怀表,"也许依学者看来,迟到是好事,不过依我看来,这却是胡闹。"

谢希科甫斯基是个胖子,留着一把黑胡子。他仔细听了听,说:

"他们来了!"

十九

"这还是我有生以来头一次看到! 多么出色!"冯·柯连说,来到林中草地,往东方伸出两只手,"请看,绿色的光!"

东方的山峦后面伸出两道绿色的光,这确实美。太阳升上来了。

"你们好!"动物学家对拉耶甫斯基的证人们点点头,接着说,"我没有来迟吧?"

他的身后跟着他的证人包依科和戈沃罗甫斯基。那是两个年纪很轻、同等身材的军官,穿着白色制服,另外还有消瘦而孤僻的大夫乌斯契莫维奇,他一只手提着一个不知装着什么东西的包袱,另一只手放在背后,他那根手杖照例紧贴在背上。他把包袱放在地上,跟谁都没打招呼,把另一只手也放到背后,在林中草地上走动不停。

拉耶甫斯基感到疲劳和尴尬,那是一个也许不久就要死掉因而引起大家注意的人总会感到的。他巴不得快一点把他打死或者快一点把他送回家去。现在是他生平第一次看见日出。这个清晨,这两道绿光,这种潮湿的天气,这些穿着湿靴子的人,依他看来,都是他生活里多余而不必要的东西,惹得他不自在。这一切跟昨天夜晚,跟他的思想,跟他负疚的心情都没有任何联系,因此他恨不能一走了事,不想再等决斗了。

冯·柯连分明在激动,却极力掩饰,装出一副样子,仿佛最使他发生兴趣的是那两道绿光。证人们慌慌张张,互相瞧着,好像在问,他们为什么到这儿来,他们该干什么事似的。

"我想,诸位先生,我们不必再往远处走了,"谢希科甫斯基说,"这儿也行了。"

"是的,当然。"冯·柯连同意。

跟着是沉默。乌斯契莫维奇本来在走动,这时候突然转过身来对着拉耶甫斯基,呼出的气一直喷到他的脸上,小声说:

"他们多半还没来得及把我的条件告诉您。决斗的每一方得付给我十五卢布,假如有一方死了,活着的那一方就得总共付给我三十卢布。"

拉耶甫斯基早先就认识这个人,可是直到现在才头一次看清他那对无神的眼睛,他那硬唇髭,他那细细的、痨病患者的脖子。他简直是个放高利贷的人,而不是大夫! 他的呼吸有一种难闻的牛肉气味。

"这个世界上,什么样的人都有。"拉耶甫斯基思忖着,回答说:

"好吧。"

医生点一下头,又走动起来。看得出来,他根本不需要钱,他要钱纯粹是为了解恨。大家都感到现在应该开始了,或者应该把已经开始的事结束,然而他们并没有开始,也没有结束,光是走动,站住,吸烟。两个青年军官生平第一次参加决斗,他们直到现在还不大相信这种依他们看来没有必要的平民之间的决斗会真的举行。他们只顾注意地查看他们的军服,摩挲他们的衣袖。谢希科甫斯基走到他们面前,小声说道:

"诸位先生,我们得运用所有的力量使这次决斗不要举行才成。应当让他们讲和。"

他涨红脸,接着说:

"昨天基利林到我家来诉苦,说是昨天拉耶甫斯基正好撞见他和娜杰日达·费多罗芙娜在一起,诸如此类讲了不少。"

"是的,我们也听说了。"包依科说。

"喏,你们看。……拉耶甫斯基的手在发抖,还有其他诸如此类的情况。……现在他就连枪也举不起来。跟他比武,就如同跟醉汉或者伤寒病人比武一样不人道。要是和解不成功,那么,诸位先生,至少把决斗的日期推延一下也好。……这样的鬼事情，真叫人看不下去。"

"您去跟冯·柯连谈一谈吧。"

"我不知道决斗的规则，叫那些规则见鬼去吧。我也不打算知道。说不定他会以为拉耶甫斯基胆怯，才打发我去找他。不过，他爱怎么想都由他，我还是要谈一下。"

谢希科甫斯基迟迟疑疑，往冯·柯连那边走过去，腿略微有点跛，仿佛两条腿坐得有点麻木了似的。他一面走一面嗽喉咙，周身都现出有气无力的样子。

"我有一件事要跟您说，先生，"他开口了，注意地瞧着动物学家衬衫上的花，"这事情我们私下里来谈一谈。……我不知道决斗的规则，叫这些规则去见鬼吧。我也不想知道。我不是凭证人以及诸如此类的人的资格来说话，而是凭一个堂堂正正的人的资格来说话的。"

"哦。怎么样？"

"证人们提议和解,人家照例置之不理,认为这只是例行公事,就是爱面子,如此而已。然而我恳求您注意一下伊凡·安德烈伊奇。今天他处在一种所谓不正常的状态中,神志不清,样子可怜。他遭到一件不幸的事。我讨厌流言蜚语,"谢希科甫斯基说,涨红了脸,回头看一眼,"可是既然要举行决斗,我就认为有必要告诉您。昨天晚上他在缪利多夫家里撞见他的太太跟……一位先生在一起。"

"多么叫人恶心!"动物学家嘟哝一句,他脸色发白,皱起眉头,大声吐一口唾沫,"呸!"

他的下嘴唇开始颤抖。他从谢希科甫斯基面前走开,不愿意再听下去,好像无意间尝到一种什么苦味的东西似的,又大声吐一口唾沫。而且,在这整个早晨,他带着憎恨的神情第一次看一眼拉耶甫斯基。他的激动和尴尬的感觉过去了,他摇一下头,大声说:

"诸位先生,我们到底在等什么,请问?为什么我们不开始呢?"

谢希科甫斯基跟军官们耸耸肩膀,面面相觑。

"诸位先生!"他大声说,但是他的脸没有对着什么人,"诸位先生!我们建议你们和解!"

"快一点结束这种例行公事吧,"冯·柯连说,"关于和解,我们已经讲过了。下面还有什么例行公事?快一点吧,诸位先生,时间不等人。"

"可是我们仍然坚持和解。"谢希科甫斯基像那种不得不干涉别人事情的人那样,用抱愧的声调说。他涨红脸,把手放在胸口上,接着说:"诸位先生,我们看不出有什么理由可以把意气冲突和决斗联系起来。在决斗和我们由于人类的弱点彼此冒犯而引起的意气冲突中间,没有什么共同之处。你们是读过大学和受过教育的人,当然你们自己就看得出来:决斗不过是一种过时的和无聊的官样文章,以及诸如此类的东西罢了。我们就是这样看待这种事的,要不然我们就不会来了;因为我们不能容许人们在我们面前互相开枪之类的。"谢希科甫斯基擦掉脸上的汗,接着说:"诸位先生，消除你们之间的误会，彼此握手吧，我们回家去喝讲和酒。一言为定，诸位先生！"

冯·柯连没开口。拉耶甫斯基发现人们在看他，就说：

"我自己并没有什么要跟尼古拉·瓦西里伊奇过不去的地方。要是他认为我有错，我准备向他道歉。"

冯·柯连生气了。

"诸位先生，"他说，"显然你们打算把拉耶甫斯基先生打扮成一个宽宏大量的人和骑士而把他送回家去；不过我不能够让你们和他得到这种愉快。单单为了喝讲和酒，吃一顿饭，对我解释决斗是过时的官样文章，那是不必起这么早，坐车出城，赶十俄里路的。决斗就是决斗，不应该把它弄得比实际上愚蠢，虚假。我要决斗！"

跟着是沉默。军官包依科从匣子里取出两支手枪，一支递给冯·柯连，一支递给拉耶甫斯基。接着出了一件麻烦事，使得动物学家和证人们有一会儿感到

决 斗 集

好笑。原来所有在场的人当中有生以来谁也没参加过决斗,谁都不大清楚应当怎样站着,证人们必须说些什么,做些什么。不过后来包依科想起来了,就带着微笑开始解释。

"诸位先生,谁记得莱蒙托夫的描写①?"冯·柯连笑着问道,"在屠格涅夫的作品②里巴扎罗夫也跟别人决斗过。……"

"何必去回想呢?"乌斯契莫维奇站住,不耐烦地说,"把距离量出来就完了。"

他就迈了三步,仿佛借此表明应该怎样量似的。包依科数着步数,他的同伴就拔出军刀,在两端地上各划了一下,算是标出界线。

决斗双方在大家的沉默中站到各自的位置上。

"这像是那些鼹鼠。"坐在灌木丛中的助祭回想起来。

---

① 指莱蒙托夫的小说《当代英雄》。
② 指屠格涅夫的长篇小说《父与子》。

谢希科甫斯基说了一句什么话,包依科又解释起来,可是拉耶甫斯基没有听见,或者说得准确些,听倒是听见了,可是没有听明白意思。后来时间到了,他就扳起枪机,举起那支沉甸甸的、冰凉的手枪,枪口向上。他忘记解开大衣纽扣,肩膀和胳肢窝给大衣箍得很紧,胳膊笨拙地抬起来,好像衣袖是用白铁做的。他想起昨天对这晒黑的额头和拳曲的头发的痛恨,心里暗想:他就连在昨天那种十分痛恨和激怒的心情下,也不可能开枪打死这个人。他生怕一不小心枪弹偏巧打在冯·柯连身上,就把手枪越举越高。他感到这种过于露骨的宽宏大量不大得体,不像宽宏大量了;可是他又不会也不能够换一种做法。冯·柯连显然从一开头就相信对方会对空中放枪,便露出讥诮的笑容;拉耶甫斯基瞧着冯·柯连那张苍白的脸,心里暗想:现在,谢天谢地,事情总算就要结束,只要他把枪机扣紧就行了。……

他的肩膀猛地一震,枪声一响,山里起了回声:

啪——啪!

冯·柯连扳起枪机,往旁边瞧一眼乌斯契莫维奇,那人跟先前一样在来回走动,双手放在背后,对什么都不在意。

"大夫,"动物学家说,"劳驾,不要走来走去,像钟摆似的。您走得我眼花了。"

医生就停住脚。冯·柯连举起枪来瞄准拉耶甫斯基。

"完了!"拉耶甫斯基暗想。

枪口直对着他的脸。冯·柯连的姿态和全身也流露出痛恨和鄙夷,一个正派人在光天化日下,当着许多正派人的面,马上就要干出凶杀的罪行了。四下里肃静无声,一种从未有过的力量促使拉耶甫斯基站定脚跟,没有逃跑。所有这些都是多么神秘,多么不可理解,多么可怕呀!冯·柯连举枪瞄准的这段时间,对拉耶甫斯基来说,似乎比整整一夜还要长久。他用恳求的眼光瞧着证人们。他们一动也不动,脸色苍白。

"快点开枪吧!"拉耶甫斯基暗想,感到自己这张苍白的、颤抖的、可怜巴巴的脸一定在冯·柯连心里激起更大的憎恨。

"我马上就会打死他,"冯·柯连暗想,他瞄准对方的额头,手指头已经摸到枪机,"对,当然,我会打死他的。……"

"他要打死他啦!"突然有个气急败坏的叫喊声在很近一个地方响起来。

立刻枪声一响。大家看见拉耶甫斯基站在原地,没有倒下,就回转头,往传来喊叫声的方向瞧一眼,看见了助祭。他脸色苍白,湿漉漉的头发沾在前额上和脸颊上,周身湿透,沾着污泥,站在对岸的玉米田里,有点古怪地微笑着,摇动他那顶湿帽子。谢希科甫斯基高兴地微笑着,随后又哭了起来,走到一旁去了。……

二十

过了一会儿,冯·柯连和助祭在小桥旁边碰头了。助祭神情激动,呼吸费力,不肯正眼看人。他觉得难为情,因为刚才担惊受怕,而且身上的衣服又脏又湿。

"我觉得您想打死他……"他嘟哝说,"这多么违背人类的本性!这多么反常!"

"不过,您怎么到这儿来了?"动物学家问道。

"您不要问了!"助祭说,摇一下手。"魔鬼迷住了我的心窍,说:去吧,去吧。……于是我来了,在玉米田里差点吓死。不过现在,谢天谢地,谢天谢地,总算没事了。……我对您非常满意,"助祭嘟哝说,"我们的毒蜘蛛老大爷也会满意的。……真是可笑,可笑!不过我恳切地要求您,别对外人说我来过此地,要不然我的上司大概会收拾我。他们会说:助祭做人家决斗的证人了。"

"诸位先生!"冯·柯连说,"助祭要求你们不要对外人说你们在此地见到过他。这会闹出乱子来的。"

"这是多么违背人类的本性啊!"助祭叹口气说,"请您大度包涵,不过我还是要说,按当时您那张脸来看,我觉得您存心要打死他。"

"当时我确实很想干掉那个坏蛋,"冯·柯连说,"可是您那么一喊,害得我没有打中。不过,这整个过程由于我不习惯而惹得我厌恶,弄得我疲劳不堪,助祭。我累极了。我们坐车走吧。……"

"不,请您允许我步行。我得让衣服吹一吹干才成,要不然,我又湿又冷。"

"好,那也随您,"累极的动物学家用疲乏的声音说,坐上马车,闭住眼睛,"那也随您。……"

他们在马车旁边走着,后来坐上马车的时候,凯尔巴莱一直站在大路旁边,两只手捧着肚子,深深地鞠躬,露出他的牙齿假笑。他以为那几位先生是来欣赏风景、喝茶的,不明白他们为什么坐上了马车。在大家默默无语的肃静中,这几辆马车驶动了,小饭馆附近只剩下助祭一个人。

"我要到,饭馆里,喝茶,"他对凯尔巴莱说,"我要,吃点,东西。"

凯尔巴莱讲一口很好的俄国话,然而助祭认为,如果对那个鞑靼人讲半通不通的俄国话,他会容易懂些。

"煎鸡蛋,拿奶酪。……"

"请进,请进,教士,"凯尔巴莱鞠着躬说,"样样东西都会给你预备好的。……奶酪也有,葡萄酒也有。……你爱吃什么尽管吩咐。"

"在鞑靼话里,'上帝'叫什么?"助祭走进小饭馆,问道。

"你的上帝和我的上帝一样,"凯尔巴莱不明白他的意思,说道,"大家的上帝只有一个,可是人倒有各式各样。有的是俄国人,有的是土耳其人,有的是英国人。这样那样的人很多,可是上帝只有一个。"

"好。既然所有的民族都信奉一个上帝,那么你们这些穆斯林为什么把基督教徒看成永世的仇敌呢?"

"你怎么生气了?"凯尔巴莱说,两只手捧住肚子,"你是教士,我是穆斯林,你要吃东西,我拿给你。……只有阔人才分你的上帝和我的上帝,对穷人来说上帝都一样。好,请吃吧。"

小饭馆里正进行这场有关神学的谈话,拉耶甫斯基却已经坐着马车回家了。他想起方才黎明时分他坐车赶路,多么提心吊胆啊。当时大路、岩石、山峦又潮又黑,不可知的未来像看不见底的深渊那么吓人。现在呢,挂在青草和石头上的水滴在阳光里像钻石那么发亮,大自然欢畅地微笑,可怕的未来落在身后了。他瞧着谢希科甫斯基那张阴沉的、沾着泪痕的脸,又瞧着前面两辆坐着冯·柯连、他的证人、医生的马车,觉得他们大家仿佛刚从墓园回来,他们在墓园里刚刚埋葬了一个难以相处的、谁也受不了的、妨碍大家生活的人似的。

决 斗 集

"一切都结束了。"他想着他的过去,伸出手指头小心地摩挲着他的脖子。

他脖子的右半边,靠近衣领的地方,肿起一个不大的包,有小手指头那么长,那么粗。他觉得挺痛,仿佛是用熨斗烫出来的。那是枪弹擦伤的。

后来,他回到家里,对他来说,漫长、古怪、美妙、朦朦胧胧,像是昏迷的一天开始了。他仿佛刚从监狱里或者医院里放出来,注意地瞅着那些他早已熟悉的东西,暗自惊讶,因为桌子啦,窗子啦,椅子啦,亮光啦,海洋啦,在他心里激起一种活泼而稚气的欢乐,这是他很久很久以来没有领略过的了。脸色苍白而极其憔悴的娜杰日达·费多罗芙娜不明白他温柔的声调和奇怪的步态。她急急忙忙把她干过的事对他和盘托出。……她觉得他大概没在听她讲话,也没听明白,如果他全听懂了,他会咒骂她,打死她的。然而他确实在听她讲话,同时摩挲着她的脸和头发,瞧着她的眼睛,说:

"除了你以外,我没有亲人了。……"

后来他们在屋前小花园里坐了很久,互相依偎着,没开口说话,或者用简短而不连贯的句子说出他们关于未来幸福生活的幻想。他觉得以前好像从来也没讲得这么长,这么美似的。

二十一

三个多月过去了。

冯·柯连预定动身的日子到了。这天从一清早起就下着寒冷的大雨,刮着东北风,海上掀起大股的浪头。据说,轮船在这样的天气未必能开进港口来。按时间表上的规定,轮船应该早晨九点多钟到达此地,可是冯·柯连中午到沿岸街去,吃过午饭后又去,都没有在望远镜里看见轮船,只看见灰色的浪头和遮没天边的大雨。

天近黄昏,雨才止住,风才明显地小了。冯·柯连已经死了心,以为他今天走不成了,就坐下来跟萨莫依连科下棋。可是等到天黑下来,勤务兵却来报告说,海上出现灯火,人们看见船上发射一枚照明弹。

冯·柯连着了忙。他背起一个小包袱,吻了吻萨莫依连科和助祭,毫无必要地走遍各个房间,跟勤务兵和厨娘告别。然后他走出房外,来到街上,露出一种样子,仿佛有什么东西忘在医生家里或者他自己的住所里了。在街上,他跟萨莫依连科并排走着,助祭手提箱子,在后面跟着,殿后的是勤务兵,提着两只大皮箱。只有萨莫依连科和勤务兵才看得清海上那些朦胧的亮光,其余两个人瞧着黑暗,什么也没看见。轮船停在离海岸很远的地方。

"快点,快点,"冯·柯连说,"我担心船要开了!"

冯·柯连走过一幢有三个窗子的小房,那是拉耶甫斯基在决斗后不久搬进去住的。冯·柯连忍不住往窗子里看一眼。拉耶甫斯基靠一张桌子坐着,背对着窗子,低下头,正在写东西。

"我觉得奇怪,"动物学家小声说,"他多么刻苦啊！"

"是啊，确实叫人觉得奇怪，"萨莫依连科说，叹一口气，"他照这样从早晨坐到晚上，老是工作。他打算还清债务。老兄，他生活得比乞丐都不如啊！"

在沉默中过了半分钟。动物学家、医生、助祭站在窗外，都瞧着拉耶甫斯基。

"他一直没离开此地，可怜的人，"萨莫依连科说，"你还记得当初他怎样急着要走吗？"

"是啊，他刻苦极了，"冯·柯连又说一遍，"他的婚礼，这种为糊口而整天工作的辛劳，他脸上那种新的表情，以至他的步态，都那么不平常，我简直不知道用什么字眼来表达这一切才好了。"动物学家拉住萨莫依连科的袖子，声调里带着激动，继续说下去："请你转告他和他的太太，就说我临走的时候，对他们感到吃惊，祝他们万事如意……而且请求他，如果可能的话，不要记住我的坏处。他了解我。他知道，假如那时候我能预先看到这种变化，那我就会成为他最好的朋友的。"

"你进去一趟,跟他辞行吧。"

"不,这不合适。"

"为什么呢?上帝知道,也许你从此再也不会跟他见面了。"

动物学家想了想,说:

"这倒是实在的。"

萨莫依连科就用手指头轻轻敲几下窗子。拉耶甫斯基吃一惊,回过头来看。

"万尼亚,尼古拉·瓦西里伊奇来向你辞行,"萨莫依连科说,"他马上就要走了。"

拉耶甫斯基从桌旁站起来,走进穿堂去开门。萨莫依连科、冯·柯连、助祭就走进屋里。

"我待一会儿就要走的。"动物学家开口说,在穿堂里脱掉雨鞋,已经后悔不该感情冲动,没有得到邀请就走进来了。"倒好像是我硬要闯进来似的,"他想,"这有多尴尬。"

"请您原谅我来打搅您,"他说,跟着拉耶甫斯基走进房间,"不过我马上就要走的,我只想跟您见见面。上帝才知道以后我们会不会再见面了。"

"我见着您很高兴。……请坐。"拉耶甫斯基说,笨手笨脚地给客人们搬椅子,仿佛想拦住他们的路似的,后来他在房间中央站定,搓着手。

"我应该把这伙见证人留在街上才是。"冯·柯连暗想。然后他沉稳地说:

"请您不要记着我的坏处,伊凡·安德烈伊奇。忘记过去的事当然是不可能的,那些事太叫人痛苦了。我到这儿不是来道歉,也不是来申明我没有错。当初我的行动是认真的,从那时候以来我的信念并没改变。……然而,使我十分高兴的是,现在我明白当初我错看了您,不过,真的,人就是在平坦的路上行走也会跌跤的。人类的命运就是这样:即使不在大处犯错误,也会在小处出错。真正的真理是谁也不知道的。"

"是的,谁也不知道真理……"拉耶甫斯基说。

"好,再见。……求上帝保佑您万事如意。"

冯·柯连向拉耶甫斯基伸出手去。拉耶甫斯基握一握手,鞠躬。

"请您不要记住我的坏处。"冯·柯连说,"请您代我问候您的太太,对她说我没有能够向她辞行,觉得很抱歉。"

"她在家。"

拉耶甫斯基就走到房门口,朝着另一个房间说:

"娜嘉,尼古拉·瓦西里伊奇想跟你告别。"

娜杰日达·费多罗芙娜走进房来,她在房门旁边站住,羞怯地看一眼客人们。她的脸色惭愧而惊恐,两只手保持那样一种状态,她就像一个正在挨骂的中学生似的。

"我马上就要离开此地了,娜杰日达·费多罗芙娜,"冯·柯连说,"我是来辞行的。"

她犹豫不决地向他伸出一只手。拉耶甫斯基鞠躬。

"哎,他们俩多么可怜啊!"冯·柯连暗想,"这种生活对他们来说并不轻松。"

"我就要到莫斯科和彼得堡去了,"他问道,"要我给你们从那边寄点什么东西来吗?"

"哦,"娜杰日达·费多罗芙娜说,不安地跟她丈夫对视了一眼,"好像不需要什么东西。……"

"是的,不需要什么东西……"拉耶甫斯基说,搓着手,"请您替我们向大家问好。"

冯·柯连不知道另外还可以说些什么,应该说些什么;可是先前他走进来的时候,却以为自己会说出许多很好的、热情的、有意义的话来。他默默地握一下拉耶甫斯基的手,再握一下他妻子的手,就怀着沉重的心情,从他们家里走了出来。

"什么样的人啊!"助祭在后面走着,低声说。"我的上帝,什么样的人啊! 确实,上帝的手栽植了这棵葡萄树! 主啊,主啊! 有的人征服几千个人,有的人征服几万个人。尼古拉·瓦西里伊奇,"他热烈地说,"您知道,您今天征服了人类最大的敌人:骄傲!"

"得了吧,助祭! 我和他哪能算是什么征服者! 征服者看上去像鹰,然而他露出一副可怜相,畏畏缩缩,萎靡不振,像中国的泥娃那样不住地鞠躬,我……我心里难过。"

后面传来脚步声。这是拉耶甫斯基赶来送行。勤务兵提着两只皮箱,站在码头上。离他不远,站着四个划船人。

"可是,起风了……嘿!"萨莫依连科说,"现在海上多半有暴风,唉,唉! 你走得不是时候,柯里亚。"

"我不怕晕船。"

"问题不在这儿。……我怕这些笨蛋会让你摔到水里去。你应当坐轮船公司的小艇上船才对。轮船公司的小艇在哪儿?"他对那些划船人嚷道。

"走了,大人。"

"那么海关的船呢?"

"也走了。"

"为什么不早来报告?"萨莫依连科生气地说,"混蛋!"

"没关系,你别着急……"冯·柯连说,"好,再见。求上帝保佑你们。"

萨莫依连科拥抱冯·柯连,在他胸前画了三次十字。

"你别忘记我们,柯里亚。……写信来。……明年春天我们等你来。"

"再见,助祭,"冯·柯连说着,握一握助祭的手,"多谢您给我做伴,多谢那些次愉快的谈话。关于考察队,您考虑一下吧。"

"行。主啊,哪怕到天涯海角去都成!"助祭说,笑起来,"难道我表示过反对吗?"

冯·柯连在黑地里认出拉耶甫斯基,就默默地对他伸出一只手。划船人已经下船,正在稳住那条木船,虽然有防波堤挡住大浪,然而那条船仍然在撞木桩。冯·柯连顺着一道梯子走下去,跳上那条木船,在船舵旁边坐下。

"写信来!"萨莫依连科对他叫道,"保重身体!"

"谁也不知道真正的真理!"拉耶甫斯基心里暗想,翻起他大衣的领子,两只手揣到袖管里。

木船灵活地绕过码头,驶出去,来到广阔的海面上。它消失在海浪里,然而马上又从深渊里钻出来,滑到大浪的高峰上,因此他们倒可以看清船上的人,甚至看清船桨了。木船划出三俄丈去,然后又被海浪打回来,退后两俄丈。

"写信来!"萨莫依连科叫道,"是魔鬼支使你在这种天气动身的!"

"是的,真正的真理是谁也不知道的……"拉耶甫斯基暗想,愁闷地瞧着不安定的、乌黑的海洋。

"海浪把船打回来了,"他想,"它往前走两步,又往后退一步,可是划船人是固执的,他们不知疲劳地划动船桨,不怕高耸的海浪。木船不住地往前走,往前走,瞧,现在已经看不见它了。再过半个钟头,划船人就会清楚地看见轮船上的灯火。不出一个钟头,他们就会靠拢轮船的舷梯。生活里也是这样。……寻求真理的时候,人也总是进两步,退一步。痛苦、错误、生活的烦闷把他们抛回来,然而渴求真理的心情和顽强的意志却又促使他们不断前进。谁知道呢?也许他们终于会找到真正的真理。……"

"再见!"萨莫依连科拖着长音嚷道。

"看不见他们,也听不见他们的声音了,"助祭说,"一路顺风!"

天上开始掉下疏疏落落的雨点了。

求　婚

为姑娘们写的故事

　　瓦连青·彼得罗维奇·彼烈杰尔金是个年轻人,相貌好看,戴着高礼帽,穿着礼服和漆皮鞋,鞋头尖得像刺,这时候坐着马车,几乎按捺不住心头的激动,到公爵小姐薇拉·扎皮斯金娜家去了。……

　　啊,您不认识公爵小姐薇拉,这太可惜了!她是个千娇百媚的美人,生着温柔的天蓝色眼睛,丝绸般的鬈发像波浪一样起伏。

　　海浪一撞上岩石就粉碎了,然而任何石头碰上她鬈发的波浪,却反而会被碰碎而化为齑粉。……人一定得是感觉迟钝的蠢材,才抵得住她的微笑和她那仿佛雕塑成的娇小身材不住发散着的脉脉温情。啊,每逢她说话,发笑,露出白得耀眼的牙齿,一定得是麻木的牲畜,才能不感到飘飘欲仙!

彼烈杰尔金被公爵小姐请进去。……

他就在公爵小姐对面坐下,激动得浑身无力,开口说:

"公爵小姐,您能听我讲几句话吗?"

"哦,行!"

"公爵小姐……请原谅,我不知道从哪儿说起。……这件事在您非常出乎意外……简直是冷不防呢。……您会生气的。……"

他伸手到衣袋里取手绢擦一擦汗,这时候公爵小姐妩媚地微笑着,探问地瞧着他。

"公爵小姐!"他继续说,"自从我见到您的那天起,我心里……就生出一种无法遏制的愿望。……这个愿望黑夜白日不容我消停……要是它不能实现……那我……我就惨了。"

公爵小姐沉思地低下眼睛。彼烈杰尔金沉吟一下,继续说:

"当然,您会感到惊讶……您是高于人间万物的,不过……对我来说您却是个再适合不过的人了。……"

紧跟着是沉默。

"特别是因为,"彼烈杰尔金叹道,"我的田产正好跟您的田产交界……我有钱。……"

"不过……到底是怎么回事呢?"公爵小姐轻声问道。

"到底是怎么回事?公爵小姐啊!"彼烈杰尔金站起来,热烈地开口讲道,"我恳求您不要拒绝我。……请您不要用您的推辞来打乱我的计划。……我亲爱的,请您允许我向您求婚!"

瓦连青·彼得罗维奇赶紧坐下,低下头凑近公爵

小姐,小声讲起来:

"这桩婚事划算极了!……咱们一年之内就能卖掉一百万普特的脂油呢!咱们可以在连成一片的两家田产上合伙开办一家脂油精炼厂!"

公爵小姐想一想,说:

"遵命。……"

凡是期待着会有缠绵悱恻的结局的女读者,可以休矣。

识别上方二维码

免费收听契诃夫小说精彩片段